# RICHARD ZANARDI

AF143397

# GWYNN
# D'ABERFFRAW

# LES ÎLES AU NORD DU MONDE[1]

©Richard Zanardi

Edition : BOD-Books on Demand, 12/14 Rond-point des Champs Elysées 75008 Paris

Impression : BOD-Books on Demand, Allemagne

ISBN n° 9782322081103

Dépôt Légal : 08 / 2017

**Richard Zanardi** est née en 1965, il a été vainqueur du concours des Nouvelles aux Médiévales d'Alby sur Chéran en 2013.

**Bibliographie :**

Homme blanc au cœur rouge, 2016 Edition BoD

À Catherine, Céline,
Christine, Clémentine,
Jacqueline et Odile.

## Avant-propos

Il était une fois un petit village nommé Aberffraw. Ce bourg du pays de Galles, était situé le long de la côte sud-ouest de l'île d'Anglesey (Ynis Môn), sur l'estuaire de la rivière Ffraw. Non loin de là, une vieille bâtisse à la limite de la ruine était habitée par un vieillard. Il y vivait seul, avec pour toute compagnie une antique mule prénommée « Pervenche », son cheval « Morvac'h », et un faucon qui répondait au nom « d'Adrian ». C'était un centenaire que tout le monde connaissait et que tous craignaient…

Pour certains, je suis un dément et je parle tout seul. En réalité, je m'adresse à Sémias, le druide qui m'a fait découvrir son île de Murias. Pour d'autres, je suis simplement tourmenté et je radote. La grande majorité pense toutefois que je raconte des histoires à dormir debout, ce qu'il m'est arrivé de faire au cours des longues marches qui me conduisirent d'un champ de bataille à l'autre. Ils s'entendent tous cependant pour dire que je suis un vieux fou. Mais où s'arrête la normalité et où commencent la déraison et la folie ? Pour moi, tout va bien. Il m'arrive souvent de parler avec Pervenche, ma vieille mule, cette brave bête qui m'a accompagné, et a toujours transporté mes armes et mes bagages au cours de nos différents périples. Adrian, mon faucon vient converser tous les matins, après sa première chasse. Je le vois plonger vers moi tel un carreau d'arbalète et, dans un mouvement d'ailes, ralentir pour se poser sur mon bras. Ses serres se referment délicatement sur ce membre ô combien décharné. Il pose alors sa tête sur ma poitrine et écoute mon cœur. Nous passons quelque temps, parfois des heures, à dialoguer à deux ou trois, quand Pervenche cesse de faire la bourrique ou sa tête de mule. Quelque fois même à quatre lorsque Morvac'h arrive à se déplacer pour nous rejoindre. Et oui, j'ai le pouvoir de parler avec les animaux et de les comprendre. Où est la folie là-dedans ? Comme le dira bien plus tard Michel FOUCAULT : « Il faut donc se demander ce qu'est la raison, pour comprendre en quoi la folie s'y oppose ». À moins que l'histoire de mon cheval Morvac'h marchant sur les eaux n'ait eu une quelconque incidence ?

Il n'y a pas si longtemps, lorsque je montais encore à l'automne dernier, pour ainsi dire, nous avons Morvac'h et moi, traversé la Ffraw à gué, plutôt que d'emprunter le pont. Ceci explique peut-être cela. D'ailleurs, bon nombre de mes détracteurs parièrent que je me noierai avec mon « canasson ». Tous ont perdu, sauf ce vieux malin d'Hélias. Ah, cet enchanteur ! Il n'a pas son pareil pour les paris, surtout lorsqu'il s'agit de moi.

En revanche ce dont ils ne peuvent pas se douter, c'est que moi, Gwynn d'Aberffraw, j'ai voyagé dans les îles au nord du monde. Oui, j'ai parcouru ces terres sacrées où mythes et légendes se côtoient. Où le présent, le futur et le passé, ne font qu'un. Où l'autre monde n'est jamais loin. Où réalité et fiction se confondent. Ces lieux où les divinités celtes côtoient les druides primordiaux - « ceux que je fréquente et qui m'apprirent tout », mais aussi les gens de la tribu de Dana. Oui, le dieu Lug m'a parlé, et je suis devenu le dépositaire des six talismans ou artefacts magiques de Dagda. C'est ce vieux fou d'Hélias qui, en m'envoyant là-bas, à la recherche d'un mystérieux chaudron, me jeta dans le grand bain de l'immortalité. Ou du moins l'ai-je cru.

Et puis, surtout, je fis partie de ces preux et braves guerriers qui avaient porté haut les couleurs d'Uther Pendragon, avant de devenir l'un de ses chevaliers de la Table ronde.

Au côté du Roi Arthur, je combattais les Angles et les Saxons. J'étais de toutes ses batailles et au cours d'âpres combats nous éprouvâmes des moments de doute autant que d'euphorie. Je partageais avec lui la gloire des vainqueurs, et participais à de fastueux banquets à Camaaloth. J'assistai à ses noces avec Guenièvre et, comme tant d'autres, je parti à la recherche du Graal, en vain. Pénible pour moi fut son départ, en dormition[2] sur l'île d'Avalon où sa demi-sœur, Morgane, le garde et veille sur lui. Nous attendons tous le jour où, Arthur reprendra son trône.

Aujourd'hui, je suis peut-être devenu ce vieillard centenaire, au corps décharné à l'avenir incertain, mais non, je ne suis pas aliéné !

Et pour vous le prouver, avant que la mémoire me fasse défaut, je vais vous conter mon histoire.

# Le chaudron magique

L'imposant donjon en granit du château d'Aberffraw dominait le sud de l'île de Môn. Celui-ci surplombait la basse ville qui s'étendait de part et d'autre de l'unique pont fortifié enjambant la Ffraw. Il était ainsi plus aisé de surveiller les allées et venues sur le pont. Je m'étais rendu à la forteresse à la demande d'Hélias. Là, je frappai, attendant devant l'immense porte de chêne brunie par les ans qui donnait accès à l'antre du sorcier. C'est dans un grincement sinistre qu'elle s'ouvrit. Devant moi, Vaacaesin, l'elfe de maison, me dévisagea, puis, se retournant, me dit :

« Suis-moi, fils du cordonnier d'Aberffraw, mon maître t'attend. »

J'emboitai le pas de l'elfe qui était vêtu d'un simple kilt. Nous passâmes devant la cheminée où un cerbère allongé souleva une de ses trois têtes dont les crocs acérés dégoulinaient de bave, tandis que les deux autres continuaient à ronger un os démesurément grand et gros.

Assis devant une table de bois et de fer, Hélias portait, par-dessus une tunique écrue et pourpre ordinaire, un manteau de cuir fermé par une broche qui descendait jusqu'aux genoux. Il était chaussé d'une paire de bottes hautes remontant jusqu'aux jambières. Sa chevelure hirsute et sa longue barbe blanche cachaient une partie de son visage, occupé à étudier un vieux grimoire magique qu'éclairaient deux immenses bougies. Vaacaesin se courba devant son maître et annonça mon arrivée.

- Mon maître, le jeune Gwynn est là. »

De sa voix forte et caverneuse, il remercia l'elfe et m'interrogea :

- Sais-tu qui je suis ? »

À moitié rassuré et tremblotant, je lui répondis :

- Oui…oui, vous êtes Hélias le sorcier…et …

- Et quoi ? » Dit-il en se levant. Il était immense et devait bien mesurer près de deux mètres. Ses épaules étaient aussi larges que celles d'un ours.

- Et quoi ? » Reprit-il.

- Vous êtes le plus grand des enchanteurs.

- Arrête de débiter des coquecigrues et autres billevesées. Arrête tes flatteries et n'essaye pas de m'amadouer, jeune présomptueux. »

Je frissonnai de tout mon corps. Que faisais-je là ? Que me voulait donc Hélias ? Mille questions me traversèrent l'esprit. Moi, simple fils d'un cordonnier, je ne comprenais pas ce qu'il attendait de moi.

- Ne te pose pas autant de questions jeune insolent…et oui, je lis dans tes pensées aussi bien que tu vois clair.

- Mais…

- Il n'y a pas de mais qui tienne, si tu es ici, c'est parce qu'aujourd'hui tu as l'esprit vif comme l'air. Depuis trois longues années déjà, tes nuits sont emplies de rêves étranges et prémonitoires. Tu participes à des combats d'une violence terrifiante ; tu es un guerrier à la vigueur et aux pouvoirs magiques considérables.

- Comment savez-vous cela ?

- Tse, tse, n'oublie pas qui je suis. Pour que tes songes deviennent réalité, tu devras aller par monts et par vaux afin de trouver le grand sanctuaire druidique. En son centre est entreposé un chaudron. Empare-toi de lui et viens me l'apporter.

- Mais comment trouverai-je ce sanctuaire et par quels moyens m'emparerai-je du chaudron ?

- Tu trouveras. Écoute ta voix intérieure, elle saura te guider dans ta quête. Vaacaesin, tu armeras le jeune Gwynn et tu lui remettras Morvac'h, le cheval noir.

- Celui qui marche sur l'eau, maître ?

- En connais-tu d'autre, idiot ?

- Non maître…

- Et bien alors, ne reste pas là comme un imbécile !

- Oui, mon maître.

- Ces elfes de maison sont d'une stupidité affligeante, ne trouves-tu pas ?

- Je ne peux vous répondre, c'est le premier que je rencontre. »

Vaacaesin sauta de son tabouret et m'accompagna jusqu'aux écuries du château. En chemin il s'arrêta à la salle d'armes et là, il me remit une épée à longue lame, une lance dont la hampe en frêne est munie d'un fer, un poignard ainsi qu'une fronde. Il compléta cette panoplie par un large bouclier ovale dont l'emblème représentait un dragon noir. Une fois entré dans les écuries, nous nous dirigeâmes vers Morvac'h que les palefreniers avaient déjà préparé et qu'ils tenaient fermement à deux par les rênes. C'était un fier destrier Frison[3] (ou Cheval de Frise). Il semblait très nerveux, mais je savais parler à l'oreille des chevaux et je le calmai aussitôt. Je lui donnai à manger un bout de pain sorti de mon sac et que je gardais dans le creux de ma main. Les palefreniers en furent tout étonnés. Comment un cheval si impétueux pouvait-il devenir aussi tendre qu'un agneau ? Dans le même temps, une mule fut chargée avec des provisions et mes armes. Elle allait m'accompagner tout au long de mon voyage.

Je m'arrêtai sur le pont qui enjambe la Ffraw et me retournai pour dire au revoir à la cité qui m'avait vu grandir. J'aperçus ma mère, devant l'atelier familial. À ses côtés, ma petite sœur m'envoyait des baisers et faisait de grands gestes de la main. Je leur fis signe à mon tour pour leur dire adieu et je me retournai le cœur gros. Je me remis en route, décidé à ne plus regarder en arrière.

Bien installé sur la selle confortable de Morvac'h, je voyageai toute l'après-midi, en suivant un chemin, que je ne connaissais pas. Il y avait bien longtemps que je n'entendais plus sonner les cloches d'Aberffraw. Le soir venu, je trouvai une ancienne chaumière à l'abandon. Elle me sembla bien délabrée, mais je poussai quand même la porte d'entrée. Elle grinça en s'ouvrant difficilement. Lorsque je découvris l'intérieur, la poussière recouvrait la table et la chaise au centre de la pièce, à tel point que l'ensemble semblait solidement lié. À côté de la cheminée, une paillasse prenait place entre l'âtre et le mur. J'allumai un grand feu avec des buches vermoulues entreposées à côté du foyer, car l'atmosphère humide et poussiéreuse collait à la peau. Assis devant le feu, je sortis un quignon de pain, de la viande séchée et une gourde d'eau. Je soupai ainsi frugalement. Le sommeil me gagnant, je m'allongeai sur la paillasse et regardai les flammes danser sur le plafond, avant de sombrer pour de bon.

Pendant la nuit, j'entendis une voix qui me disait : « Demain, tu laisseras Morvac'h suivre le chemin qui lui semblera le bon. Il te conduira à la chapelle de Llancarfan où vit l'abbé Cadoc. Tu la laisseras sur ta droite et tu t'engageras à gauche, dans le val sans retour. Il s'enfonce dans la forêt pendant quelques lieues avant de déboucher à flanc de falaise. Tu la suivras pendant encore quelques temps, avant que le chemin ne pénètre de nouveau dans une forêt sombre et obscure. Tu passeras devant une fontaine avant de déboucher dans une immense clairière à l'extrémité de laquelle se trouve le grand sanctuaire druidique et, en son centre, le chaudron que convoite Hélias. »

Au petit matin, j'enfourchai Morvac'h et je le laissai me conduire. Chemin faisant nous croisâmes l'abbé Cadoc qui nous conseilla de faire demi-tour avant la nuit. Nous laissâmes la chapelle sur notre droite pour nous enfoncer dans le Val sans retour. Le chemin chaotique longeait un petit ruisseau aux mille reflets d'or. La voie commença à s'élever et la pente s'accrut de plus en plus. La nuit pointait au fond du vallon, mais toujours pas de falaise en vue. Que des ombres menaçantes et des bruits étranges en guise de compagnons de route. Morvac'h ne paraissait pas troublé outre mesure, alors que la mule était beaucoup plus nerveuse. Le chemin semblait conduire en direction du couchant. En effet, le ciel commençait à rougeoyer et, lorsqu'enfin j'atteignis la falaise, un magnifique coucher de soleil illuminait la muraille de schiste qui plongeait dans l'océan situé en contre-bas. La nature offrait un spectacle enivrant et féérique. Les vagues s'écrasaient sur le schiste rouge, presque violet, en formant des paquets d'écume. Le vent du large faisait s'envoler la mousse qui se parait des couleurs du soleil couchant.

Dans les lueurs du ponant, une ombre se détacha sur la falaise. Elle ressemblait à un oiseau, au début, mais plus elle grossissait plus elle devenait effrayante. Elle ne semblait pas s'intéresser à moi mais, par prudence, je me mis sous le couvert des arbres et la regardai se diriger vers le bout de la falaise quand, tout à coup, l'ombre plongea droit dans l'océan. Je m'approchai alors du bord. Le spectacle que j'aperçus me glaça le sang. Devant l'entrée d'une grotte, deux énormes dragons étaient en train de dévorer des vaches. Le sang des pauvres bêtes, qui beuglaient entre leurs pattes aux griffes acérées, dégoulinait de leur gueule garnie de dents longues et coupantes comme des lames de rasoir. Je fus pétrifié par la scène et décidai de me cacher dans le renfoncement de la falaise pour les observer. Ils étaient recouverts d'une carapace d'écailles impénétrable, leurs pattes étaient pourvues d'énormes serres. Le premier avait une queue fourchue et le regard rouge rubis. L'autre, à la queue acérée, possédait des yeux d'un vert émeraude. Quant à leurs ailes de chauve-souris géante, ils avaient pris soin de les replier durant leur gloutonnerie. Leur festin terminé, les deux créatures s'envolèrent et passèrent non loin de moi. Je crus ma dernière heure arrivée. Je fermai les yeux et me mis à prier.

Après de longues minutes, je les rouvris pour voir où étaient passés les dragons. Je regardai à droite puis à gauche et, enfin, derrière. A présent, le silence s'était installé tout autour de moi et seul le souffle du vent effleurait mes oreilles. Je restai là, immobile, pendant encore de longues minutes à fixer l'entrée de la grotte, mais il n'y avait aucun mouvement apparent. Je laissai Morvac'h et ma mule à couvert et refoulant ma peur au plus profond de moi, je me dirigeai, le plus silencieusement possible, vers la caverne, à l'écoute du moindre bruit suspect qui aurait pu me faire rebrousser chemin. Une couleur verte blafarde s'échappait de l'orifice et éclairait toute la cavité. Je me glissai adroitement dans l'antre des dragons. Dans leur repaire régnait une chaleur inhabituelle pour un humain. Toujours sans un bruit, je me dirigeai vers le fond de la grotte, où je découvris un lac caché duquel s'échappait la lumière qui donnait cette teinte verdâtre à l'intérieur de celle-ci. Sur la rive, quatre œufs brun orangé d'une quinzaine de centimètres de diamètre étaient posés sur une sorte de nid composé de paille et de mousse. Les deux dragons aperçus plus tôt formaient donc un couple qui veillait sur sa progéniture. Je soulevai mon épée au-dessus du premier œuf et le transperçai de part en part. Je réitérai mon acte pour deux autres. Mais, au moment où j'allais pourfendre le dernier, un bruit de serres raclant la pierre se fit entendre dans la grotte. J'étais pris au piège. La seule issue m'était à présent interdite par l'arrivée des dragons. Je détruisis rapidement le dernier œuf et me réfugiai dans un coin de l'antre, caché derrière mon bouclier. La mère arriva la première. Elle regarda ses œufs, sur le nid gluant, les renifla puis, constatant que la mort avait frappé, des larmes coulèrent de ses yeux. La colère immense qui s'empara d'elle à ce moment précis, fut sans commune mesure. Elle poussa un cri et, dans un souffle rageur, cracha une boule de feu au fond de la grotte. Toujours à l'abri derrière mon bouclier, je ne bougeai pas, tétanisé par la peur. Comment allais-je pouvoir me sortir de ce pétrin. Il n'y avait que deux solutions : affronter les dragons ou essayer de sortir de la grotte à la nage, en plongeant dans le lac. Combattre deux dragons à la fois, n'est pas une mince affaire, mais la hauteur de la voute, ne leur permettait pas de voler. Ils étaient donc plus vulnérables. Je commençai à me redresser, empoignant mon bouclier de la main gauche et mon épée de l'autre. Soudain, le dragon tourna la tête et m'aperçut. Je lui faisais désormais face et n'avais plus d'autre choix que de le surprendre. Positionnant mon bouclier entre moi et son regard vert émeraude, je me mis à courir droit sur lui, l'épée en avant. La lame frappa la carapace d'écailles au niveau du cœur et, avec l'élan, s'enfonça jusqu'à la garde dans la chair de la créature. Elle hurla de douleur et s'effondra sur le sol dans un vacarme assourdissant. Pour un coup d'essai, ce fut un coup de maître. Un silence pesant envahit la grotte. Là, devant moi, les dépouilles du dragon et de ses petits à naître gisaient sur le sol. Tremblant de tout mon corps, je lâchai mon bouclier et m'avançai près du dragon pour reprendre mon épée. De son cœur ainsi libéré, un flot de sang jaillit sur le sol et recouvrit les dépouilles des petits.

Tandis que je reprenais mes esprits, une idée me vint. Une légende dit en effet : que celui qui se badigeonne le corps avec le sang d'un dragon, devient invisible aux yeux de ses congénères. Je me souillai donc avec le liquide visqueux et en recouvris également mes armes avant de me diriger vers l'entrée de la grotte. Pas un bruit, pas un mouvement, n'étaient perceptibles à l'extérieur. J'osai alors une sortie et, regardant autour de moi, je fus rassuré de ne pas apercevoir le second dragon. Je restai tout de même sur mes gardes et je retournai avec prudence vers Morvac'h et ma mule qui m'attendaient tranquillement à l'orée de la forêt.

Le clair de lune avait maintenant remplacé le soleil couchant. Les ombres s'étiraient sur le sol dans un étrange ballet. Tout cela n'était guère rassurant. Je décidai de passer la nuit à la belle étoile et d'attendre le lendemain pour continuer ma route vers le grand sanctuaire druidique. Y trouverai-je le chaudron magique ? Pour l'instant, j'allumai un feu, et m'installai le plus confortablement possible au pied d'un majestueux chêne séculaire. Epuisé par le combat, un peu de viande séchée, un morceau de pain, et une pomme suffirent à me rassasier avant que les bras de Morphée ne m'emportent dans un sommeil réparateur. Au détour d'un rêve, une voix douce et enjôleuse, me parla à peu près avec ces mots : « Le chaudron magique de Dagda a été forgé par le druide Sémias dont le nom signifie « subtil ». Il régnait sur l'île de Murias, une des quatre îles au nord du monde. Ce chaudron, c'est celui de l'abondance, personne ne le quitte sans avoir été rassasié. Il renferme la nourriture de tous les hommes mais aussi l'ensemble des connaissances de l'univers. Il permet aussi la résurrection : on y plonge les morts, qui en ressortent vivants aux premières lueurs du jour suivant. C'est aussi le chaudron de la souveraineté et le dernier tombeau des rois déchus. En effet, le monarque qui n'aura pas su mener à bien la mission que lui avait confiée Dagda, s'y noiera dans le vin, à la prochaine fête de Samain. Le pouvoir du chaudron est immense, et sa possession dangereuse, risquée même, tellement la convoitise des mécréants est grande. Soit prudent Gwynn ».

Encore enroulé dans ma couverture de laine, je fus réveillé par le chant des oiseaux. Le soleil se levait à peine. Je repliai mon campement et harnachai mon cheval, quand j'aperçus une gente dame tout de blanc vêtue, sur le chemin qui longeait la falaise. Je l'appelai, mais elle ne sembla pas m'entendre. Je montai alors sur Morvac'h et le lançai au galop pour rattraper la mystérieuse inconnue. Le cheval avait beau mener un train d'enfer, rien n'y faisait, la distance qui me séparait de la dame blanche ne diminuait pas. Elle semblait comme voler au-dessus du chemin. Je tentai de la rejoindre pendant encore quelques lieues mais avant que le sentier ne pénètre dans la forêt, elle avait disparu comme par magie. J'entrai à mon tour sous la frondaison qui devenait de plus en plus sombre et obscure. La piste se rétrécissait et je dus bientôt mettre pied à terre, car les branches des arbres ne me permettaient plus de rester en selle. Tirant Morvac'h par la bride, j'avançai en me rappelant les paroles prononcées par la voix qui la veille m'avait indiqué la route à suivre : « Avant que le chemin ne pénètre à nouveau dans la forêt, celle-ci deviendra sombre et obscure. Tu passeras devant une fontaine avant de déboucher dans une immense clairière. Au bout de celle-ci, tu trouveras le grand sanctuaire druidique et, en son centre, le chaudron que souhaite se procurer Hélias ».

Que la progression devenait difficile ! Il n'y avait plus un souffle de vent dans les feuilles, plus un seul chant d'oiseau. L'atmosphère était lugubre, comme si la mort avait envahi chaque parcelle du bois. Je parlai à Morvac'h pour le rassurer et me redonner, par la même occasion, un peu de courage. Le chemin commençait à devenir plus haut, plus large, plus clair et bientôt je pus me remettre en selle. Comme par enchantement, le chant des oiseaux reprit et lorsque j'arrivai au niveau de la fontaine, le soleil parvenait même à traverser le feuillage. J'effectuai une halte pour me rafraichir et abreuver mon destrier. En m'approchant de la source, je fus attiré par les bulles qui remontaient lentement du fond. Je m'agenouillai sur le dallage de grès et avançai la tête pour entendre les petits rires que chaque bulle émettait lorsqu'elle éclatait à la surface de l'eau.

- Voilà une bien curieuse mais agréable mélodie. N'est-ce pas Morvac'h ? ».

Le cheval se contenta de hennir, en secouant la tête de haut en bas, comme pour acquiescer. Une fois désaltéré, je décidai de reprendre mon chemin, en direction de la clairière. Je pouvais déjà la deviner, là-bas, au bout d'un passage aménagé entre deux dolmens recouverts d'améthystes qui répandaient une lumière pourpre sur le sentier.

- Je sens que nous ne sommes pas encore au bout de nos surprises », me dis-je à haute voix, comme pour me convaincre.

Après quelques centaines de mètres, je débouchai enfin dans la clairière. Comme me l'avait prédit la voix, elle paraissait en effet sans limite. J'avais beau me dresser sur mes étriers et regarder dans toutes les directions, je n'en apercevais pas le bout. Je talonnai les flancs de Morvac'h qui accéléra et se mit à trotter. Le soleil était au zénith lorsque je vis apparaitre au loin, sur une butte, le grand sanctuaire druidique.

Pour l'atteindre, il me fallait toutefois traverser le Lac du Chaudron. À ma grande surprise, la butte n'était autre qu'une île au beau milieu des eaux. Mais pas un bateau ni même un bac pour traverser. Je demandai alors à mon cheval d'utiliser ses pouvoirs magiques. Son aptitude à marcher sur les eaux allait nous permettre de traverser jusqu'à l'autre rive, avec la mule. Il commença à marcher sur les flots translucides. L'îlot était entouré d'une brume transparente, telle les ailes d'un papillon de nuit. Morvac'h chemina ainsi de longues heures sur les eaux calmes. La nuit allait tomber lorsque ses sabots frappèrent la terre ferme. En parcourant l'île, nous trouvâmes une vieille ferme qui semblait abandonnée. Je mis pied à terre et me hâtai de faire le tour de la bâtisse, mais je ne trouvai pas âme qui vive. Je poussai la porte et me retrouvai dans la pièce principale. Là, au milieu de la cheminée, un feu chauffait une marmite en fonte pendue à la crémaillère. Le fumet qui s'en échappait emplissait l'atmosphère d'une douce saveur. Devant moi se trouvait une table en chêne avec deux bancs, sur laquelle étaient disposés : une paire d'écuelles en bois, deux cuillères tournées en olivier, deux couteaux, deux gobelets ciselés en étain, un broc à lait, un pichet d'hydromel, un grand plat de venaisons, un fromage et une miche de pain noir.

- Entre, et prends place à ma table étranger. Je t'attendais pour le souper ».

Empreinte d'une sonorité caverneuse et douce à la fois, la voix semblait provenir d'outre-tombe.

- Je suis à toi dans un instant ».

C'est alors qu'une porte se dessina dans le mur, juste à côté de l'âtre, et s'ouvrit, laissant apparaitre un homme à la forte stature, le visage buriné par la vie au grand air et les cheveux hirsutes, d'un blanc immaculé.

- Bonjour, je suis Sémias, et toi comment te nommes-tu ?

- Je m'appelle Gwynn d'Aberffraw.

- Oh, que voilà de belles lettres de noblesse pour un si jeune damoiseau !

- Mais que viens-tu faire sur la verte île de Murias ? »

Je ne répondis pas tout de suite, préférant garder secrète, la raison de ma venue.

- Pardonne-moi, je ne suis qu'un vieux curieux. Tu dois être mort de faim… allons, passons à table ».

Sémias me fit signe de prendre place à table, nous nous assîmes l'un en face de l'autre. Le druide saisit une louche et remplit les assiettes à ras-bord d'une soupe onctueuse et fumante, au parfum enivrant. Pendant ce temps, je me permis de prendre le broc à lait et en servis dans les gobelets. Sémias coupa deux belles tranches de pain noir. À peine avais-je porté à ma bouche la première cuillère de soupe, que mes papilles se trouvèrent bouleversées par les arômes de ce velouté de légumes aux champignons et au lard. Le réconfort que m'apporta ce plat bien chaud me convainquit d'en dire plus sur ce qui m'avait poussé à être là ce soir.

- Si je suis venu sur l'île de Murias, c'est pour trouver le grand sanctuaire druidique et en connaître l'histoire.

- En voilà une bonne raison !

- Ce potage est vraiment excellent.

- Mais es-tu bien sûr que c'est là le seul but de ta visite ?

- Oui Sémias, et je serais heureux que vous m'en contiez, la légende. »

J'étalai du miel sur ma tranche de pain noir, puis y déposai un morceau de faisan à la chair juteuse et rôtie, finement relevée par les épices, que je me mis à croquer à pleines dents. Je pris une grande gorgée d'hydromel pour accompagner ce succulent repas. Nous restâmes longtemps attablés après la fin du repas, à parler de choses et d'autres. Après un long moment Sémias se décida à me raconter l'histoire du sanctuaire. Il avait lui-même fait venir les pierres de schiste violet depuis la forêt de Brocéliande, à des centaines de lieux de là, dans la lointaine Bretagne, afin d'en établir le soubassement. Goibniou le forgeron avait réalisé toutes les ferrures nécessaires à la construction. Credne le maçon en avait monté les murs. Après quoi, Luchta le charpentier était venu pour couvrir l'ensemble. Mais ce qu'il aimait rappeler par-dessous tout, c'est que tout cela n'aurait pu se faire, sans l'aide des autres druides primordiaux. Une question me brûlait les lèvres.

- Mais qui sont ces fameux druides ?

- Tu les connaîtras le moment venu. », me répondit-il sobrement.

Le sanctuaire se trouvait au sommet d'un mamelon rocheux. Son socle taillé dans le schiste brillait de mille feux au soleil couchant et illuminait le ciel d'une douce lueur violacée. Toutefois, le chemin pour y parvenir était des plus périlleux. Il fallait le contourner en empruntant une sente à fleur de falaise tellement étroite qu'il était impossible de s'y croiser.

Le lendemain au petit matin, tandis que le soleil se levait à peine sur l'île de Murias, nous nous mîmes en route vers le temple druidique. Nous grimpâmes doucement l'un après l'autre en faisant attention où nous posions nos pieds pour ne pas glisser et faire une chute fatale. Le vent et les embruns rendaient le sol glissant et assaillaient nos visages de mille morsures. Bien que le ciel ait été d'un bleu azur nous étions trempés comme au beau milieu d'un orage d'été. À plusieurs reprises Sémias glissa, mais malgré son grand âge il parvenait toujours à se rattraper. Au terme de plusieurs heures d'efforts acharnés, nous allions enfin franchir le pont qui nous permettrait d'atteindre le sanctuaire quand une ombre immense se dessina au-dessus-de nous. Levant la tête, nous découvrîmes un dragon aux yeux d'un rouge rubis. Il fondit droit sur nous, ne nous laissant aucune chance de nous enfuir. Je poussai Sémias et me positionnai, entre lui et la bête maléfique brandissant mon épée, mais je ne fus pas assez leste pour la toucher. De sa queue fourchue, le dragon éperonna mon écu et l'envoya dans les airs hors d'atteinte. Au passage, le bouclier heurta la tête du druide et lui ouvrit le cuir chevelu. Sonné, Sémias mit genoux à terre et resta groggy de longues minutes. Pour ma part, je combattai avec l'énergie du désespoir. Mon bouclier inaccessible loin derrière le monstre. Quant à ma fronde et ma lance, elles étaient restées sur le dos de ma mule. Je n'avais donc, pour ainsi dire, que mon épée à longue lame et un poignard. Face au monstre le combat semblait joué d'avance. Le dragon me faisait tourner en rond afin de me tenir suffisamment éloigné du druide sans que je ne puisse rien y faire. Il se précipita alors sur Sémias et de ses griffes acérées, l'attrapa par la jambe. La chair se déchira, et le membre inerte tomba à terre. Son corps ensanglanté fut jeté à l'opposé. Sans hésitation le dragon se précipita sur le pauvre bougre, et me tournant le dos, il commença à dévorer la seconde jambe de Sémias qui hurlait de douleur. Prenant mon courage à deux mains, je me mis à courir aussi vite que possible et bondi au-dessus de l'animal, trop occupé par sa proie. En un éclair, je me retrouvai à l'aplomb de ses grosses omoplates et y fis entrer mon épée de toutes mes forces. La lame s'enfonça profondément et atteignit le cœur du monstre. M'agrippant fermement je pesai de tout mon poids sur l'épée. Dans un ultime sursaut, le dragon blessé à mort, tenta de me frapper avec sa queue. Bientôt ses ailes s'arrêtèrent de battre et il s'écroula lourdement sur le sol. Je venais de terrasser mon deuxième dragon mais ne pensai qu'à me précipiter vers Sémias qui gisait là, agonisant dans d'horribles souffrances.

- Approche, approche plus près jeune Gwynn, » dit-il d'une voix faible, presque inaudible.

- Ne bougez pas, je vais vous soigner. »

En approchant mon oreille de la bouche du druide j'entendis, dans une expiration les dernières paroles de Sémias. On pouvait y percevoir la monodie de l'apaisement de l'âme.

« Étoiles, mes sœurs, voici mon chant du cygne. Écoutez le dernier lai de ma harpe d'or, avant qu'elle n'aille dormir au milieu de vous, muette comme la nuit et Adragante[4]... »

- Il est trop tard Gwynn, je vais mourir ...

- Ce n'est pas possible... pas vous !

- Le flambeau du soleil ne s'éteint dans l'abîme que pour renaître dans un autre monde, à la dérive de nos yeux de sable. Car la lumière de vérité ne s'obscurcit dans certaines âmes que pour éclater plus intensément sur les autres. La flamme de la vie n'est soufflée qu'en apparence, ranimée dans les aurores des transmigrations pour aller se fixer un jour dans le cercle du Gwynfyd vermeil[5]... »

Dans un dernier souffle de vie, Sémias m'attrapa par le col et me regarda droit dans les yeux.

- Prends le chaudron de Dagda, il est à toi, fais-en bon usage... ».

Je fixai Sémias et je vis s'éteindre la lueur qui, quelques instants plus tôt, allumait encore le regard du vieux druide primordial. Soudain le ciel s'assombrit et le vent se leva. Par endroit, des éclairs éclataient à travers les volutes de nuages qui s'élevaient dans les cieux. Une violente pluie s'abattit sur la lande. De ma main nue, je fermai les yeux du druide. Son corps sans vie reposait sur l'herbe verte et mouillée et seul le vent animait ses cheveux. Agenouillé auprès de la dépouille, je laissai couler mes larmes. Elles se mélangeaient à la pluie qui ruisselait sur mon visage. Il fallut vite me ressaisir et je commençai la construction du bûcher funéraire. Je disposai une couverture de peau sur le haut de la plate-forme avant d'y allonger la dépouille de celui que je n'avais pas eu le temps de mieux connaître. A présent je regardai les flammes s'élancer vers le ciel et le corps de Sémias disparaître dans un nuage de fumée. Une fois la crémation terminée, je pris les os noircis les lavai et les plaçai dans un récipient que je fermai avec un couvercle sommaire.

Après avoir retiré le chaudron de son logement, je creusai le sol à cet endroit afin de pouvoir y enterrer les ossements. Je les entourai simplement de galets et rebouchai le tumulus, avant de prononcer ces quelques paroles :

- Ô grand roi du monde féérique et des elfes, prince des enchanteurs, archidruide suprême, maître des forêts, créateur de l'île d'Avalon, tuhatha de Danann, je vous demande d'accueillir Sémias dans votre demeure ».

J'emportai le chaudron et allai retrouver Morvac'h et ma mule. Je regroupai ensuite mes affaires je positionnai le bât sur la mule en veillant à ne pas la blesser et enfin, j'équilibrai le chargement, encombré par le volumineux chaudron. Je me hissai sur le dos de Morvac'h et, me retournant une dernière fois, vers le sanctuaire, j'adressai un ultime salut à Sémias. J'entrepris alors le voyage du retour par le même chemin qui m'avait emmené en ces lieux. Je regardai plusieurs fois en arrière, en direction du tertre sur lequel semblait danser la pluie. Chemin faisant, l'averse cessa et un soleil radieux vint illuminer la lande verdoyante. Par endroit, des volutes d'humidité montaient du sol et s'envolaient vers le ciel. La journée était bien avancée lorsque j'arrivai sur un rivage. Je découvris avec étonnement un pont qui enjambait le bras de mer, Morvac'h semblait perplexe, il regardait et reniflait avec insistance cette étrange création.

La voix du défunt Sémias se fit alors entendre :

- Gwynn mon enfant, c'est la dernière aide que je puisse t'apporter. Franchis le pont, tes aventures ne font que commencer. Je serai toujours à tes côtés. »

Les sabots de mon cheval prirent appui sur le pont. Il était plus solide que n'importe lequel des ponts jamais construits. Les paquets de mer avaient beau venir s'écraser sur les arches de pierre, rien ne pouvait perturber mon voyage. La journée avançait et le pont ne semblait pas connaître de fin. Il fallut attendre la tombée de la nuit, pour que j'atteigne enfin, le rivage opposé. Quelle ne fut pas ma surprise lorsque je me retournai ! Désormais, seuls les flots étaient visibles jusqu'à l'horizon. Cela semblait incroyable mais tout indiquait que cet immense pont n'avait été qu'illusion ou plutôt, la bienveillante bénédiction du druide.

## La parole des Dieux

Cela faisait déjà plusieurs jours que j'avais laissé derrière moi le pont magique qui séparait l'île de Murias de sa voisine Gorias. Tout ce qui m'entourait n'était pour moi qu'une succession de découvertes. La lande n'avait plus la même couleur et encore moins le même parfum que je lui connaissais. Le chemin que j'empruntai maintenant traversait des prés et des vallons fleuris où les oiseaux pourchassaient les insectes dans une joute aérienne réglée au millimètre. Les uns montaient en flèche vers le firmament pendant que les autres calculaient le point de chute où ils allaient les rejoindre pour les croquer. Les fleurs étaient toutes plus belles les unes que les autres. Le bleu violacé des bleuets et le jaune vif des jonquilles se trouvaient renforcés par le vert de l'herbe fraîche. De-ci de-là, des marguerites apportaient une touche claire, parmi les bruyères vertes, aux fleurs rosées. Les plus hautes jouaient dans le vent et faisaient de l'ombre aux plus jeunes. Toutes les couleurs de l'arc en ciel étaient représentées, du blanc immaculé au violet pourpre. Passant de l'une à l'autre, les abeilles butinaient et remplissaient leurs corbeilles à pollen avant de repartir à la ruche. Les animaux me regardaient passer, perché sur mon fier destrier noir, sans prendre peur, ici un groupe de biches, là un cerf à la ramure majestueuse, une laie et ses marcassins, ou encore une meute de loups en promenade. Et que dire de cette escouade de libellules volant en formation serrée ? Un milan royal se mit également à m'accompagner. L'oiseau planait au-dessus de nous, et je pouvais admirer son beau plumage roux marqué de deux cocardes blanches sous les ailes et qui se terminait par une longue queue échancrée. Il tournait en rond, en cherchant les ascendants. Son envergure, d'au moins 1m50, lui permettait sans difficulté d'être porté par les courants. Il montait dans le ciel d'un bleu limpide où il ne devenait plus qu'un point noir minuscule. Alors, il effectua un dernier vol circulaire avant de fondre en piqué sur sa proie. Puis, revenant vers nous, il se mit à voler au rythme des pas de Morvac'h. Après un long moment, le rapace finit même par se poser sur le haut du bât de ma mule et se laissa conduire paisiblement. Ce n'est pas son poids frôlant à peine le kilo qui devait gêner notre brave ongulé. D'ailleurs, elle n'avait même pas bronché lorsque le milan s'était installé. Elle qui habituellement était si capricieuse et indisciplinée, se montrait à présent docile et joyeuse. Elle acceptait la présence de cet oiseau avec une bonne volonté que je ne lui connaissais pas. Une chose encore plus étrange se produisit, les animaux parlaient entre eux et il me semblait que je pouvais les comprendre. Sans attendre, je me lançai et commençai à échanger quelques paroles avec Morvac'h, puis avec ma mule. C'est là qu'elle m'apprit son nom, « Pervenche ». Le milan, quant à lui, s'appelait « Adrian ». Quelle étrange contrée ? me disais-je. Serais-je sur l'île d'Avalon ? Vais-je rencontrer la Dame du Lac, ou bien suis-je dans le jardin d'Eden ? Le soleil brillait sans discontinuer depuis quatre jours et les étoiles illuminaient l'obscurité chaque nuit. Le teint de mon visage s'était halé. J'avais pu le découvrir en me penchant sur l'onde de la rivière qui longeait le chemin. Ce fut d'ailleurs au cours d'une halte au bord de l'onde pour que mes compagnons étanchent leur soif dans l'eau douce et fraîche que je sentis une présence. Une étrange sensation, comme si quelqu'un était à mes côtés, mais je ne vis pas âme qui vive. Je ne ressentais ni crainte, ni peur. Non, juste une impression de sécurité. Je me remémorai alors les mots de Sémias qui m'avait promis de toujours m'accompagner. Chevauchant par monts et par vaux, je ne ressentais ni la fatigue, ni la faim. Je m'arrêtais uniquement pour abreuver mon cheval et ma mule, puis dormir une fois la nuit venue. Un soir, alors que j'étais allongé sur le dos, en train de rêvasser en contemplant le ciel étoilé, j'entendis à nouveau la voix de Sémias :

- Tu dois te demander quel est ce pays merveilleux ?

- En effet, je ne reconnais rien sur cette terre si hospitalière.

- Tu es sur l'île de Gorias … En as-tu déjà entendu parler ?

- Non, c'est la première fois.

- C'est l'une des quatre îles au nord du monde. Tu y apprendras l'art, la sagesse et la poésie en compagnie d'Esras. Il est druide, comme moi autrefois ».

Dans l'aube naissante, Morvac'h frappa le sol de son sabot, ce qui me réveilla en sursaut.

- Mais que t'arrive-t-il mon bon ?

- Un danger approche maître, il faut immédiatement lever le camp ».

J'eus beau regarder tout autour de moi, je ne vis rien d'inquiétant. Le cheval continua pourtant à frapper le sol et à souffler nerveusement de ses naseaux dilatés. Adrian prit son envol et monta haut dans le ciel. Il ne mit pas longtemps à repérer une troupe à cheval qui galopait vers nous. Il revint à toute vitesse pour m'apporter la mauvaise nouvelle.

- Gwynn, j'ai vu un groupe de cavaliers lourdement armés, il faut nous mettre à l'abri.

- Merci mes amis, disparaissons au plus vite ».

Après avoir chargé « Pervenche » à grande hâte nous reprîmes la route. Je me laissai conduire par Morvac'h qui prit la direction d'une forêt qu'il distinguait à quelques lieues de là. Arrivés à l'orée du bois, je sautai au bas de mon cheval et je retins la mule par la bride. Nous nous enfonçâmes tous les trois sous le couvert des arbres. Pendant ce temps, Adrian montait dans le ciel pour surveiller l'avancée de la troupe.

- Ils seront là dans moins de cinq minutes, ajouta-t-il. »

Et effectivement, la colonne de hardis chevaliers passa devant nous quelques minutes seulement après le retour d'Adrian. L'oriflamme qu'ils arboraient représentait une cité rouge. Cette bannière m'était inconnue, mais elle n'annonçait rien de bon. Cachés dans les fourrés, nous retenions notre souffle. J'attendis patiemment de voir disparaitre la cohorte derrière une colline, avant de remonter en selle. Ne souhaitant pas rejoindre la colonne avant de savoir à qui j'avais à faire, je suivis la large trace que les cavaliers avaient laissée derrière eux.

Le soir venu, j'envisageai de m'arrêter devant une modeste demeure. Après avoir frappé à la porte à plusieurs reprises sans réponse, j'entrepris de faire le tour de la maison. J'eus l'impression d'avoir déjà vécu cette situation. A l'arrière du bâtiment, je découvris un enclos, en pierres sèches. Le potager regorgeait de légumes, plus beaux les uns que les autres, tandis que les arbres du verger croulaient sous les fruits de toutes sortes. Au milieu de ce fabuleux jardin trônait un puits au pied duquel dormaient un loup et un mouton, allongés côte à côte. Décidément cette île me réservait bien des surprises ! Hommes et bêtes, même ennemies, semblaient vivre en parfaite harmonie. Continuant ma visite des lieux à la recherche du propriétaire, je rencontrai finalement un ermite aux cheveux gris, longs et désordonnés, qui fendait du bois.

- Holà ! mon brave, je cherche un logis pour la nuit.

- Je vous souhaite la bienvenue, preux chevalier, mais à qui ai-je l'honneur ?

- Je me nomme Gwynn d'Aberffraw et je cherche le druide Esras.

- J'ai cru que vous étiez avec la troupe du Roi Brun sans pitié.

- Mais qui est ce Roi Brun ?

- C'est le maître de la cité rouge, qui se trouve à dix lieues d'ici. Il est ainsi nommé car il est sans indulgence et c'est avec le sang de ses victimes qu'il a peint les murs de son château. À ce jour, aucun des valeureux chevaliers qui l'ont défié en combat loyal n'est revenu vivant.

- Curieux personnage que ce roi sans pitié.

- Gwynn d'Aberffraw, accepteriez-vous d'honorer mon humble logis de votre présence pour le souper ?

- Je ne peux qu'accepter une si généreuse invitation. À qui dois-je cet honneur ?

- Je suis celui que vous recherchez, mon nom est Esras et je serai votre obligé pour ce soir. »

Le druide conduisit Morvac'h et Pervenche à l'écurie tout en m'écoutant lui conter mes aventures.

- Sémias m'a beaucoup parlé de vous. Je suis heureux de faire votre connaissance.

- Comment va ce vieux fou, toujours sur l'île de Murias ? »

Je sus pas trop comment annoncer la nouvelle à mon hôte. Mon hésitation et l'expression qu'affichait mon visage trahirent toutefois le terrible secret.

- Cela est notre destinée à tous. Seuls les dieux connaissent le jour et l'heure de notre mort ».

Le soleil venait de disparaitre de l'autre côté du vallon lorsque nous entrâmes enfin dans la maison, pour y prendre un repas bien mérité.

- Les mets succulents que nous mangerons ce soir ont été préparés par Macha.

- Je ne savais pas que vous étiez marié ? »

Esras fut pris d'un rire tonitruant et si contagieux que, bien que troublé je ne tardai pas à m'esclaffer moi aussi.

- Hou, hou, hou, Macha… ma femme …non, vous n'y êtes pas mon cher !

- Pardonnez-moi… mais…

- Ce n'est rien, ne vous excusez pas. Macha est mon assistante et c'est elle qui prépare les repas.

- Votre assistante, voulez-vous dire qu'elle est magicienne ?

- Plus que cela mon jeune ami, Macha est non seulement magicienne, mais elle fait également partie de la congrégation des Fées.

- N'ayez crainte, fier damoiseau, la nourriture que je vous ai préparée ne contient aucun élixir. Si vous voulez bien passer à table ? » dit Macha d'une voix cristalline.

- Ce civet de lapin à la crème de petit pois est un délice.

- Je vous remercie…cela me change des remarques déplaisantes de ce mufle d'Esras.

- Allons ma chère, ne fais-je pas honneur à vos plats ? Mon ventre ne se serait-il pas assez arrondi depuis que vous êtes aux commandes de ma cuisine ?

- Certes, mais un petit compliment de temps en temps ne serait pas pour me déplaire.

- Je l'admets, chaque repas est un véritable festin et je vous en suis très reconnaissant ».

Le diner terminé, nous nous installâmes devant la cheminée. Je partageai un mélange d'herbes séchées composé de sauge blanche, de cèdre rouge et du foin d'odeur, qu'Esras conservait dans une blague de cuir marron. La fumée qui s'échappait de nos pipes s'élevait vers le plafond en de longues volutes pour disparaître finalement entre les interstices des lames du plancher, lorsque tout à coup, on frappa à la porte de la demeure.

- Qui est là ? » s'enquît le maître de maison.

Un elfe entra et se présenta devant nous.

- Je me nomme Maeglin et suis envoyé par le seigneur Brun sans pitié.

- Que se passe-t-il ?

- Mon maître fait dire au jeune chevalier Gwynn qu'il est attendu demain à l'heure des vêpres pour participer à un combat singulier.

- Depuis quand ton maître sait-il que je suis ici ?

- Il a suivi ton voyage grâce à son puit de vision.

- Ton maître est-il un magicien ?

- Je n'ai pas le pouvoir de répondre à ces questions. Par contre, mon maître fait dire au jeune chevalier qu'il est attendu demain à l'heure des vêpres pour participer à un combat singulier.

- Très bien, dis à ton seigneur, que j'y serai. » Ajoutai-je sans ciller.

- Je cours de ce pas lui porter la nouvelle. »

L'elfe sortit en claquant la porte derrière lui.

- Mais, malheureux, un combat contre Brun sans pitié, vous n'y pensez pas ! Vous êtes voué à la mort. À moins que ...

- Comment cela « À moins que ? », Esras, vous connaissez une éventualité pour échapper à cette fin tragique ?

- Macha... Macha, qu'en pensez-vous si nous prêtions la lance qui ne rate jamais sa cible à notre ami Gwynn ?

- Mais, vous savez bien que cette lance ne se laissera empoigner que par un homme pur.

- Douteriez-vous de sa pureté ?

- Loin de moi cette pensée maître Esras.

- Bien, nous en reparlerons demain à l'aube.

- Mais...

- Tsss...cela suffit. »

Macha se retira sans dire un mot. Elle savait pertinemment qu'il était vain de parlementer avec Esras. Surtout lorsqu'il avait déjà pris sa décision. Elle partit en cuisine faire chauffer de l'eau pour préparer une infusion de plantes. Pendant ce temps, Esras et moi nous remîmes à discuter, confortablement installés devant la cheminée où le maître des lieux, venait de jeter une nouvelle bûche.

Le doute commençait à me gagner, je voulais en savoir plus.

- Vous m'inquiétez tous les deux ! Qu'a-t-elle de particulier cette lance ? »

Avant que je puisse obtenir la moindre réponse, la magicienne me tendit une tasse de tisane.

- Je vous remercie Macha, votre bonté est aussi grande que votre beauté. »

La fée sentit ses joues devenir rouges, c'était la première fois qu'on la complimentait de la sorte. Elle retrouva cependant très vite ses esprits pour répondre à la question que je venais de lui poser.

- C'est la lance de LUG. Une vieille légende raconte qu'elle a la propriété de ne jamais manquer son but. Son ardeur à frapper est telle que pour la calmer il faut la plonger dans un chaudron rempli de sang humain. Si vous n'êtes pas le bon chevalier, elle vous portera un coup à la cuisse qui vous laissera une blessure inguérissable. Mais Esras vous racontera cette histoire beaucoup mieux que moi. »

Macha s'éclipsa pour aller se coucher, nous laissant tous deux parler à la lueur de la flamme.

Après qu'Esras eut fini de me conter son récit dans les moindres détails, seules quelques braises rougeoyaient encore dans l'âtre. La pièce n'était plus guère éclairée que par le halo jaunâtre d'une bougie à moitié consumée. Le druide de Gorias décida qu'il était plus sage d'aller nous coucher.

- Bonne nuit mon jeune ami, chassez les inquiétudes de votre esprit et faites de doux rêves. »

Je retrouvai Morvac'h et Pervenche dans l'écurie. Une couche de paille fraîche avait été installée sur la mezzanine et me garantissait une agréable chaleur pour la nuit. À peine installé sur la paillasse et recouvert d'une épaisse couverture de laine, je sombrai dans un profond sommeil. Je ne trouvai pas le repos réparateur souhaité pour autant, ma nuit fut mouvementée. Des rêves et des cauchemars plus fous les uns que les autres se succédèrent. J'en venais à me demander, comment j'avais pu répondre avec une telle confiance, à une convocation en combat singulier. Ma témérité m'étonnait autant qu'elle m'angoissait. Moi qui n'avais encore jamais participé ne serait-ce qu'à une joute amicale et encore moins tenu une lance. Comment allais-je bien pouvoir survivre à un tel combat ? Il n'est pas rare qu'au moment où la pertuisane percute l'écu, le chevalier visé soit désarçonné, et qu'il s'écrase au sol, en se brisant net la nuque.

Au terme d'une nuit agitée, je me réveillai la bouche pâteuse, les cheveux en bataille, et les yeux hagards. Je pris un seau d'eau fraîche et je m'en aspergeai le visage, le buste ainsi que les cheveux, afin de pouvoir me coiffer convenablement. Une fois prêt, je me présentai à la porte d'Esras. Macha s'activait en cuisine. Elle avait disposé sur la table, du gibier, du pain, du miel et une cruche de lait de chèvre. Après m'être bien sustenté, je demandai des nouvelles du druide.

- Il est parti de très bonne heure et je ne sais quand il reviendra. »

L'expression qui se dessina sur mon visage dut inciter Macha à compléter ses dires :

- Il sera de retour en fin de journée… »

Ces paroles rassurantes m'avaient quelque peu réconforté et j'étais de ce fait moins soucieux.

- Et que dois-je faire en attendant la fin de l'après-midi ?

- Esras a dit que vous deviez écouter le message que les dieux vont vous adresser. »

Je sellai rapidement Morvac'h et le laissai errer à son bon gré, me conduisant par monts et vallons. Je profitai de cette divagation pour réfléchir à haute voix. Une foule de questions me venaient et, parfois, les réponses qui vont avec. Comment entendre le message des Dieux ? Depuis que le défunt Sémias m'avait parlé cela ne me surprenait plus. Mais quand même, était-ce bien normal d'entendre ainsi des voix ? Quand je sortis enfin de mes pensées, je me trouvai près d'un lac, aux eaux limpides. À son extrémité un nuage s'était formé, glissant à la surface des flots et semblant se diriger droit vers moi. Mais ce qui m'inquiéta plus encore, c'était la brutale diminution de la luminosité, comme si les ténèbres allaient bientôt tout envahir. Ce que je vis émerger de cet étrange nuage aux volutes pourpres, était terrifiant. Dix personnes, ou plutôt devrais-je dire, dix esprits trônaient au-dessus de l'eau claire du lac. Devant mes yeux médusés, l'assemblée formait un arc de cercle. L'un de ces esprits s'était dressé et s'apprêtait à prendre la parole. Il était grand et de sa carrure impressionnante se dégageait une force majestueuse. Elle imposait le respect. Il portait une longue tunique bleue, serrée à la taille par une large ceinture de cuir noir. Par-dessus, un manteau de laine fermé par une broche en forme de Triskell richement ornée. À ses pieds non pas des sandales comme on aurait pu l'imaginer, mais des cuissardes. Son sévère visage était rehaussé par de longs cheveux blonds, presque blancs tombant en cascade sur ses épaules. Il portait également une barbe finement taillée, si bien que je ne parvenais pas à lui donner un âge précis.

Mon attention fut immédiatement attirée par ses mains puissantes, aux doigts longs, qui tenaient une sorte de gobelet d'étain d'où émanait une lueur blanchâtre. Son regard bleu acier se fixa dans le mien. D'une voix grave, douce et puissante, il me dit :

- Gwynn, vous êtes jeune et votre vie sera encore longue. Nous vous avons choisi pour accomplir les exploits auxquels nous ne pouvons prendre part. Les druides primordiaux vous guideront dans votre long chemin vers la connaissance du bien et du mal. La maîtrise des armes vous sera enseignée.

- Mais qui êtes-vous ?

- Nous sommes les Tuhatha de Danann. Je suis LUG, le dieu primordial et suprême. Quant à mes compagnons il s'agit de DAGDA, dieu des druides ; OGME, dieu de la magie guerrière ; NUADA, dieu de la royauté ; GOIBNIU, dieu forgeron responsable des armes magiques ; CREDNE CERD, dieu bronzier ; LUCHTA, dieu charpentier ; DIANCECHT, dieu médecin ; OENGUS : dieu de la jeunesse ; BRIGIT, déesse des poètes, forgerons et médecins ; EITHNE : reine d'Irlande et mère de tous les dieux ; et

MORRIGAN : déesse guerrière et de la souveraineté.

Votre vie ne sera pas un long fleuve tranquille. À partir de ce jour, vous serez confronté à une foule d'embuches et d'expériences aussi diverses les unes que les autres. Vous découvrirez de nouvelles armes et apprendrez à les manier en même temps que vous apprendrez à vous conduire différemment. Vous errerez et vous traverserez des contrées merveilleuses aussi bien que d'autre plus sombres que les ténèbres. Ces aventures vous feront rencontrer des êtres profondément bons et d'autres tant malfaisants que perfides. La vie de chevalier se mérite Gwynn, mais elle vaut la peine d'être vécue et vous permettra de jouir d'un statut que beaucoup envient. Si vous ne vous laissez pas tenter par les forces obscures, les portes des châteaux les plus prestigieux vous seront ouvertes. Vous serez accueilli en brave, par rois et sénéchaux, vassaux et suzerains. Gentes dames et damoiseaux chercheront votre amitié. Druides, bardes et fées chercheront à tout connaître de vous. Mais attention, les elfes, gnomes et autres êtres maléfiques chercheront à vous corrompre et vous faire basculer vers le mal. Seuls les druides primordiaux Esras, Morfesa et Viscias seront vos partenaires dans cette quête et nos porte-paroles. Ce sont eux et eux seuls qui vous transmettront nos messages. Quant à Sémias il sera toujours à vos côtés sous quelque forme que ce soit. Gardez à l'esprit, jeune Gwynn, que vous serez désormais dépositaire des six talismans de DAGDA et, qu'à ce titre, vous nous représenterez en qualité d'émissaire dans le monde des vivants.

Pour votre première épreuve, vous allez combattre un être peu scrupuleux, un mécréant qui ne respecte ni les préceptes de la chevalerie ni l'ordre social. Il est félon, parjure, perfide, faux et lâche. Il viole et assassine les femmes, massacre les anciens. Vous en avez entendu parler, cet homme utilise le sang de ses victimes, pour peindre les murs de sa Rouge cité et offense impunément les dieux par la même occasion. Cela, nous ne pouvons plus l'accepter. Vous autres humains, savez que l'on ne nous offense pas ainsi sans s'attirer notre courroux.

Toi, Gwynn d'Aberffraw, tu seras la main vengeresse par laquelle nous punirons, ce vil personnage. Ton avenir nous appartient à présent et pour toujours. Nous croyons en toi et c'est pourquoi nous t'avons choisi. Maintenant va, et ne te laisse jamais tenter par les forces du mal. »

Le nuage pourpre se referma sur les dieux puis il disparut aussi soudainement qu'il était apparu. La surface du lac frémit sous l'effet d'une légère brise et retrouva sa teinte originelle. Je pus même apercevoir une truite sauter hors de l'eau et gober une mouche qui avait eu l'imprudence de voleter au ras de l'onde redevenue calme. Le soleil retrouvait son éclat et réchauffait l'atmosphère alors que les oiseaux meublaient à nouveaux les airs de leurs chants enjôleurs.

Morvac'h me regarda d'un œil complaisant et tapa des sabots pour que je sorte de ma léthargie, mais je restai là, seul, assis sur l'herbe tendre de la berge. J'avais la sensation d'être hypnotisé, pâle comme un mort, la bouche grande ouverte. Les yeux perdus dans le lointain, le souffle court et les oreilles à l'écoute je me demandai, si je n'étais pas tout simplement en train de rêver en plein jour. Avais-je moi aussi, le don de double vue, comme certains enchanteurs ? De nombreuses questions, jaillissaient de mon esprit et toutes attendaient une réponse.

- Suis-je moi-même ? Est-ce la faim et la soif qui me font délirer ? Ai-je été drogué ou pire suis-je devenu fou ?

- Non, tu n'es pas fou, lui répondit Sémias. C'est bien LUG qui vient de te parler. Je serai dorénavant le messager des dieux et chaque fois qu'ils auront une parole à te transmettre, je leur prêterai ma voix.

- Mais pourquoi m'avoir choisi ?

- Le mystère des Dieux est impénétrable…

- Si je comprends bien, mon avenir leur appartient ?

- Mais n'est-ce pas là une réalité pour le commun des mortels ?

- Vous avez sans doute raison …

- Voilà une parole sensée, pleine de sagesse. »

Retrouvant peu à peu mes esprits, je me levai et remontai en selle. Le spectacle que j'offrais devait sembler bien particulier et si quelqu'un m'avait croisé il y a fort à parier qu'il m'aurait pris pour un fou en pleine conversation avec son cheval. Les paroles que j'échangeai avec Sémias ressemblaient plus à un monologue incompréhensible qu'à un échange construit, avec des questions et des réponses.

- Esras était-il prévenu que je serai apostrophé de la sorte par le dieu LUG ?

- Oui Gwynn, tu dois commencer à le comprendre. Tout comme moi, Esras est dans le secret des Dieux. Les quatre druides primordiaux partagent leurs intentions et Esras est là pour t'aider à vaincre Brun sans pitié.

- Avec tout cela, je l'avais presque oublié. Il faut que je me presse de retrouver Esras.

- Je suis là mon jeune ami » !

Je fus surpris par le druide et faillis bien en tomber à la renverse. Heureusement, Morvac'h' sentant venir le coup, souleva prestement son arrière train, pour me rétablir en selle.

- Venez, nous allons vous équiper, vous et votre monture, pour la joute qui vous attend. »

## La joute contre Brun sans pitié

En arrivant au logis d'Esras, nous entrâmes dans l'écurie pour panser Morvac'h. La douce odeur de paille et de foin mêlés emplissait l'atmosphère. Dans le fond, une loge, à la litière propre attendait son hôte. De l'avoine apportée par Macha garnissait généreusement la mangeoire et une bonne réserve de foin d'été avait été disposée dans le râtelier. Sur le sol, une couche de paille épaisse recouvrait le pavé et un grand seau d'eau fraîche attendait dans un angle. A l'autre bout de l'étable, on pouvait voir un mulet, encore attelé à un chariot, en train de manger tranquillement sa portion de fromental. Seules ses oreilles avaient bougé à notre arrivée. Aidés par Macha, nous nous occupâmes de Morvac'h consciencieusement. Après l'avoir étrillé avec force jusqu'à ne plus sentir nos bras, nous le bouchonnâmes à l'aide d'un tampon de paille fraîche et odorante, avant de finir par le passage d'une brosse douce en poils de blaireau. Je séparai en trois le crin noir et soyeux de la queue afin de le tresser. Pendant ce temps, Macha faisait de même avec la crinière noire aux reflets bleutés. Chaque sabot fut soigneusement inspecté, en commençant par l'état de la corne. On vérifia l'absence de corps étrangers sous la sole. Puis, chaque pied fut enduit de graisse leur donnant ainsi, une belle teinte noire brillante. Ainsi paré de sa robe couleur de jais, Morvac'h était magnifique.

Esras apporta un caparaçon bleu dont la teinte avait été extraite de lapislazuli finement broyé. En plus de son extraordinaire couleur, cette pierre était reconnue, pour rendre les membres plus robustes et on lui attribuait aussi la vertu d'empêcher l'esprit d'être gagné par la peur, le doute et l'envie. Je positionnai la pièce de tissu finement brodée sur le dos de mon destrier, et le recouvrit de la tête à la queue. Sur le flanc droit, le caparaçon arborait un lion d'or aux griffes acérées et plus haut, à hauteur d'épaule le dragon rouge d'Aberffraw. De l'autre côté, on pouvait voir le triskèle noir sur fond blanc qui symbolisait le panthéon des dieux Lug, Dagda et Ogme. Pour parfaire le tout, les parties fragiles de la tête du cheval, furent garnies d'un cuir épais orné d'une corne de narval solidement ajustée. Ainsi équipé le fier et fort destrier était méconnaissable. De loin, on aurait pu le confondre avec une licorne et seul son pelage noir trahissait le subterfuge.

L'heure de me préparer était maintenant arrivée. Lorsque j'entrai dans la demeure d'Esras, le feu crépitait dans la cheminée. Un quartaut rempli d'eau chaude était installé près de l'âtre. Des huiles essentielles y avaient été versées et Macha m'attendait. La chaleur qui régnait dans la pièce faisait penser à une étuve. Nu, comme au jour de ma naissance, je me glissai dans l'eau et je me laissai recouvrir par l'onde aux senteurs enivrantes. Tous les muscles de mon corps se détendirent, sous l'effet décontractant de la chaleur. Mon esprit ne tarda pas à en faire autant, grâce aux bienfaits des huiles essentielles. Macha, à l'aide d'un gant de crin me frotta le dos et les bras. Dans un pot de terre cuite, elle attrapa un pain de savon composé de cendre de hêtre, de saponaire et de suif de chèvre. Elle m'en enduisit la tête et me frotta les cheveux avec des mouvements circulaires. J'étais recouvert d'une mousse aux parfums d'herbes fraîchement coupées. Après ce nettoyage en règle, elle m'enfonça la tête sous l'eau, afin de rincer ma belle et longue chevelure. J'attrapai le pain de savon et me frottai le reste du corps. Une fois mes ablutions achevées, je sortis du baquet. L'eau dégoulinait de toute part. Macha suivait des yeux les courbes dessinées par ma musculature saillante. Mon mètre quatre-vingt et mes soixante-quinze kilos de muscles furent examinés sous toutes les coutures. Son regard impudique me rappela celui de ma pauvre mère. Elle me tendit un linge, qu'elle avait chauffé près de la cheminée. Je recouvris mon corps de la serviette chaude et délicatement parfumée et me frictionnai énergiquement de la tête aux pieds. Après avoir enfilé mes braies, je passai une tunique de soie à manches courtes, puis, par-dessus un second veston tissé avec de la laine épaisse de mouton noir. Macha m'aida à passer ma côte de maille. Le tout était retenu à la taille par une large ceinture de cuir. Je chaussai ensuite de longues bottes noires, dotées d'une triple épaisseur de peau sur toute la hauteur. Afin de renforcer cette protection une grève métallique prenait place entre le soleret et la genouillère. Macha me tendit un camail que j'enfilai, pour protéger mon cou et mes épaules. Ainsi harnaché, je me retournai vers elle et la regardai longuement, mes yeux pénétrant profondément dans les siens. Ce moment sembla durer une éternité. Intérieurement, je me répétai :

« Oh temps suspends ton vol et, que cet instant ne s'arrête jamais »[6].

Mais au moment où j'allais ouvrir la bouche, elle posa son index sur mes lèvres et me dit ceci :

- Chut… retenez vos paroles preux chevalier, vous pourriez le regretter. »

Puis, posant ses mains de chaque côté de mon visage, elle appliqua délicatement un baiser sur mon front. Un baiser comme l'aurait fait, une mère à son enfant. Je m'agenouillai devant elle et lui pris la main avec douceur pour l'embrasser délicatement.

- Relevez-vous maintenant, vous allez être en retard à votre joute, me fit-elle remarquer à juste titre. »

Au dehors, Esras m'attendait, avec un heaume rutilant, surmonté d'un cimier en crin de cheval blanc. Il tenait également un écu long, en goutte d'eau, qui arborait un blason écartelé en quatre parties. Le quartier en haut à droite était parti d'un dragon rouge sur fond vert et blanc. Au-dessous de celui-ci se trouvait un lion couleur or sur fond bleu. Sur le quartier haut à gauche on pouvait voir un triskèle noir sur fond blanc. Quant à la dernière division elle était simplement d'argent. Mais, ce qui attirait par-dessus tout mon regard, c'était la lance du roi Lug. Ce dard, qui ne rate jamais sa cible. Je connaissais maintenant toute l'histoire de cette arme terrible. La lance merveilleuse, au pouvoir dissimulé et ravageur, possède une force effroyable. Irrémédiablement elle tue un homme à chaque coup et il faut, pour apaiser sa soif de destruction, la plonger dans un bain de poison et de sang. Ainsi calmée elle ne pourfend pas tout ce qui l'entoure. Son nom est Gai Bolga. Elle a été fabriquée sur l'île de

Gorias. Sur cette île, au nord du Monde. Sa pointe est forgée à la manière d'une feuille de laurier. La hampe est en frêne peinte de blanc et la douille en forme d'entonnoir. Pour l'occasion, Esras l'avait parée d'un fanion aux mêmes couleurs que l'écu et le caparaçon, de Morvac'h.

Bien qu'étant le seul à pouvoir entendre la voix de Sémias, je regardai toujours autour de moi. Le druide me dit ces quelques mots :

- Aucune bataille, ne peut être gagnée contre elle ou contre celui qui l'a en main.

Et Esras d'ajouter.

- Oui Sémias, mais maintenant notre preux chevalier doit se rendre, à la joute provoquée par Brun sans Pitié.

Avec l'aide du druide, j'enfourchai Morvac'h tandis que Macha emmenait, Pervenche ma mule, qu'elle avait chargée de la lance, d'une épée à double tranchant, d'un fléau, ainsi que de quelques provisions, et remèdes variés. Elle attacha, la longe, à la selle de sa jument. Montant en amazone, elle s'installa le plus confortablement possible. En l'air, Adrian le Milan profitait des ascendants, pour s'adonner à quelques voltiges. De là-haut, il pouvait repérer rongeurs, lézards, et autres lombrics qui pourraient lui servir de repas. Son vol, sur la toile bleue azur du ciel dessinait des arabesques féériques. Il montait parfois si haut qu'il disparaissait à ma vue. Puis, dans un piqué vertigineux, il plongeait droit vers sa proie, à une vitesse folle et écartant d'un coup ses ailes pour se freiner, il déployait ses serres en avant. Dans un vol plané millimétré, il saisissait un rat des champs et s'envolait pour aller le déguster tranquillement. Quant à Eras, il prit la tête de la petite troupe, juché sur un cheval aussi blanc que Morvac'h était noir. A son ordre, nous partîmes en direction de la rouge cité. Là-bas, nous attendait le fourbe et ô combien sournois Brun sans pitié.

Parcourant les vertes prairies, nous suivîmes le chemin qui empruntait les berges d'une rivière et traversâmes la forêt d'Esus, appelée ainsi en hommage au dieu défricheur de la forêt primordiale qui avait aussi comme surnom, le « roi de l'if ». C'est lui qui avait créé la Lance de Lug. Puis, nous passâmes à travers de grandes étendues que les envahisseurs avaient entièrement déboisées. Ils disaient que la forêt était le temple des divinités, le sanctuaire des dieux celtes. Elles avaient été le lieu d'âpres combats entre les occupants, et les habitants des lieux. Esras s'en souvenait encore, même si à cette époque, il était encore bien jeune. Alors que la rivière avait creusé le terrain, le chemin s'était enfoncé et serpentait maintenant au fond d'un vallon. C'est au détour d'un lacet qu'apparut la rouge cité. De loin, elle semblait être entièrement bâtie de granit rose. Mais la réalité était cependant tout autre…surtout bien plus morbide puisque peinte avec du sang humain. Par cette belle journée, le soleil était haut dans le ciel, et aucun nuage ne venait tacher l'immensité bleue azur. Ce lieu semblait accueillant avec ces couleurs chaudes et les verts pâturages qui l'entouraient. Des centaines de moutons blancs et noirs paissaient sur cette grande prairie et l'on eût dit un échiquier géant sur un tapis vert.

Quel être humain normalement constitué peut avoir pareille idée ? Il fallait vraiment être fou ou alors avoir vendu son âme au diable, pour peindre les murs de sa cité avec le sang de ses victimes. Dans un premier temps, le peuple de la ville ne s'était pas opposé à cette idée. Le sang utilisé était en effet, celui des Angles et des Saxons, ces envahisseurs qui tuaient et pillaient sans pitié. Les choses changèrent lorsque ce fut celui des habitants et des protestations se firent entendre. Toutefois, pas pour très longtemps. Et pour cause, les contestataires furent à leur tour exécutés, les uns après les autres. La sentence fut rendue après un procès fantoche et très vite leur sang vint orner les murs de la cité.

Notre petit groupe traversa la lande et contourna un troupeau d'ovins, bêlant et courant en tous sens. Nous arrivâmes enfin devant le château de Brun sans pitié et découvrîmes une lice au couleur de la rouge cité séparant en deux un champ à l'herbe fraichement coupée. De chaque côté, des bancs de bois recouverts de coussins avaient été disposés et nombre de gentes dames et damoiseaux attendaient déjà le spectacle.

Je ne m'attendais pas à un tel accueil et commençais à me poser quelques questions.

C'est à ce moment précis que surgit Maeglin. Il arrivait de nulle part, comme par magie et il me fît reprendre, mes esprits. Avec sa peau cuivrée aux reflets verts, ses cheveux longs noir de Jais et ses longues oreilles pointues, Maeglin était à n'en pas douter un Elfe des Bois. Bien que réputés très méfiants à l'égard des hommes, il leur arrivait cependant de s'éprendre d'un homme ou d'une femme et de lui être fidèle jusqu'à la mort.

« - Bonjour preux chevalier ! Mon maître demande que vous vous prépariez de suite au combat. Vous n'êtes pas sans savoir que la joute ne prendra fin qu'avec la mort de l'un des deux adversaires.

- Va et dis-lui bien que je l'attends, lui lançai-je. »

L'Elfe s'en alla aussi rapidement qu'il était venu.

Macha s'approcha alors de moi et me tendit une outre remplie d'une spécialité de l'île de Gorias composée d'eau, de miel et de différentes herbes médicinales.

- Bois, me dit-elle, les valeureux guerriers s'en vont toujours au combat en buvant quelques gorgées d'hydromel. »

Retirant mon heaume, j'attrapai l'outre et bus avec délice le liquide au goût sucré.

Je remerciais Macha », en lui rendant, la boisson des Dieux.

Mes pensées se mêlaient et mon imagination galopait d'une idée à l'autre. Mon trouble était grandissant. Chaque regard que je portais à la belle Macha me bouleversait.

Mais déjà sur le pont-levis le martellement des sabots d'un cheval se faisait entendre. Je tournai la tête et découvris un chevalier vêtu de ténèbres. Il semblait mesurer deux têtes de plus que moi et portait un heaume surmonté d'une plume noire. Son écu était paré de noir au dragon d'argent. Son destrier était couvert d'un caparaçon noir brodé au même motif. Sa lance couleur d'ébène, était dressée vers le ciel. La flèche brillait dans le soleil finissant. On aurait pu croire ce chevalier tout droit sorti des profondeurs de la nuit.

Il avança tranquillement vers moi et je pus mieux l'examiner et juger de son embonpoint. Je savais que mon agilité, ma rapidité et ma force pourraient être les maîtres du combat, et ce, même si l'assaut devait se terminer à l'épée ou au fléau. Je n'oubliai pas que mon adversaire avait l'avantage de la connaissance du terrain, ainsi qu'une grande expérience des joutes et des combats. Arrivé à ma hauteur, il s'adressa à moi avec fierté :

- Je suis Brun sans pitié, et vous qui êtes-vous ? »

- Je suis Gwynn d'Aberffraw lui répondis-je de ma voix la plus sûre.

- Et bien maître Gwynn, sachez que vous n'aurez pas le choix du côté de la lice.

- Peu importe, ma victoire n'en sera que plus méritée.

- Ha ha ! Je vous trouve bien bravache, jeune présomptueux.

- Allons, finissons-en. »

La situation était délicate, j'allai devoir m'élancer face au soleil couchant.

Brun sans pitié se présenta devant une gente dame, abaissa sa lance, afin qu'elle pût y attacher un mouchoir de fine dentelle. Puis, faisant demi-tour, il se dirigea au pas vers le côté de la lice qu'il avait choisi. Bien qu'elle fût noire comme Morvac'h, sa monture semblait plus fluette et blafarde.

Ebloui, je devinais plus que je ne voyais mon adversaire, mais je faisais confiance, à ma monture et aux dieux pour me guider vers la victoire.

Non seulement cette joute serait une mise à mort pour l'un d'entre nous, mais en plus mon ennemi avait mis tous les atouts de son côté : Il connaissait les lieux, était acclamé par ses partisans, faisait deux têtes de plus que moi et sa cotte de maille semblait particulièrement résistante.

Morvac'h était extrêmement calme. Il attendait le début des hostilités, se contentant d'un léger mouvement de tête pour agiter la corne dont-il était paré. Son corps aux muscles saillants, semblait complétement détendu. Face à lui, son alter ego semblait plus nerveux. Il frappait le sol avec son sabot gauche en signe d'impatience et était parcouru de spasmes. Nos lances étaient dressées vers le ciel où un souffle faisait virevolter le mouchoir de mon adversaire. Le temps semblait s'être arrêté. Dans le ciel, Adrian le milan tournait au-dessus de l'esplanade où allait se dérouler la joute. Il lançait des petits cris aigus qui traduisaient son anxiété. Je ne l'avais jamais vu dans cet état.

Dans la foule, rassemblée à l'écart, Esras et Macha regardaient dans ma direction, visiblement inquiets d'être de simples spectateurs du danger qui me guettait. Bien sûr ils connaissaient la puissance de la lance de LUG, et les pouvoirs de Morvac'h, mais qu'en serait-il de moi ? Serais-je à la hauteur ? Même si j'avais été choisi par les dieux je ne connaissais rien aux joutes à mort. Avais-je la force d'affronter la félonie et la perfidie de Brun sans pitié ? Toutes ces questions furent vites oubliées ou du moins passèrent-elles au second plan. Le combat allait débuter d'un instant à l'autre et ce n'était plus l'heure, de se poser des questions métaphysiques. Je voyais au loin Macha serrer le bras d'Esras. Ils me semblaient tous deux crispés et me regardaient, alors que j'étais prêt à en découdre.

Nous ajustâmes nos équipements.

Mon écu, était solidement fixé, à mon bras gauche tandis que je tenais solidement la bride de Morvac'h de la main droite. La pointe de mon bouclier, reposait sur mon étrier gauche.

Dans un même mouvement, nous abaissâmes les visières de nos heaumes et commençâmes à avancer au pas l'un vers l'autre, séparés par la lice. Puis, le pas des chevaux se fit trot, en même temps que les battements de mon cœur se faisaient plus rapides. Serrant d'une main ferme ma lance je la portai à l'horizontale, prête à empaler mon ennemi. Mes pieds bloqués au fond des étriers je sentis mes tempes battre la chamade en même temps que les sabots de Morvac'h frappaient le sol. J'avais l'impression que nous flottions au-dessus de la prairie. Ses sabots effleuraient à peine l'herbe verte et tendre du champ de foire. L'espace, qui me séparait du terrible Brun sans pitié se réduisait à vue d'œil. La cadence était encore montée d'un cran pour devenir galop ; un galop lourd de puissance et de détermination. La foule enthousiaste, criait et s'agitait. Les spectateurs, faisaient un boucan de tous les diables. Mais ni moi, ni Brun sans pitié, n'entendions le brouhaha, autour de nous. Mon regard ne le lâchait plus. Mes yeux ne sourcillaient pas, on pouvait sentir ma volonté de renverser mon ennemi et d'en finir au plus vite.

Les lances n'étaient plus qu'à quelques centimètres de leur écu respectif, quand celle de Brun sans pitié glissa sur mon bouclier, comme si elle avait été écartée par une puissance invisible. La foule s'immobilisa, le silence l'envahit. Tous les regards ébahis voyaient l'impensable se produire. La lance de Lug que je tenais fermement fit éclater l'écu de mon adversaire, dans un bruit assourdissant. Brun sans pitié avait encaissé le choc lorsque la pointe effilée entra en contact avec la cotte de maille et la transperça. Le pic se figea directement dans le cœur du seigneur Brun. Ses yeux s'écarquillèrent sous l'effet de la terrible surprise. Dans son regard se lisait l'incompréhension la plus totale. Que se passait-il ? Comment lui, le chevalier aux centaines de victoires, avait-il pu être ainsi terrassé par un débutant ?

La violence du choc fut telle que Brun sans pitié se souleva de sa selle et s'écrasa lourdement au sol comme un vulgaire fétu de paille. Le son strident de la feuille de laurier métallique déchirant la cotte de maille, résonna encore longuement dans le silence oppressant, mêlé au bruit sourd du corps du roi déchu s'abattant au sol. De nombreux cris se firent entendre dans la foule et plusieurs dames de la cour se pâmèrent. Dans la collision, la lance de Lug s'était brisée net, sa pointe était restée plantée dans le cœur de Brun sans pitié dont le corps gisait lamentablement sur le sol.

Le silence régnait à nouveau sur l'esplanade. Les spectateurs restèrent glacés d'effroi devant leur seigneur gisant inerte sur l'herbe. Il était là, allongé le long de la lice, dans une mare de sang qui n'en finissait de grandir. Le tyran n'était plus qu'un corps sans vie foudroyé par la puissance de mon coup. Même le vent qui quelques instants plus tôt faisait virevolter oriflammes, étendards et autres fanions, était tombé. La poussière soulevée par les chevaux recouvrait à présent tel un linceul le corps de feu Brun sans pitié. Son cheval tournait en rond autour du cadavre soufflant par ses nasaux grands ouverts. Il frappait le sol de son sabot droit et ne laissait personne s'approcher, ni de lui, ni de son maître. Même les palefreniers pourtant habitués à le soigner ne pouvaient le maîtriser. Les écuyers et le chirurgien de la rouge cité accoururent avec un brancard pour porter secours à leur seigneur, mais il était déjà trop tard. Ils transportèrent le corps dans une pièce du château où ils ne purent que constater la mort du tyran.

Morvac'h, d'un pas léger s'arrêta devant Esras qui m'aida à en descendre et à retirer mon heaume. J'avais le visage livide comme un mort. Je dégoulinais de sueur et mes dents s'entrechoquaient à l'unisson de mon corps qui tremblait tout entier. Le druide et Macha, m'aidèrent à m'asseoir. La fée, me tendit un bol d'hydromel que j'avalai goulûment, au risque de m'étouffer, pendant qu'elle me tamponnait le front, avec un linge de soie humide.

Grâce à ces soins, je repris petit à petit mes esprits. Les tremblements de mon corps s'espacèrent et je sentis que mes joues reprenaient des couleurs. J'essayai de me lever mais ma tête se mit à tourner et je retombai aussitôt sur mon siège. Esras m'apporta, une tisane revigorante à base de plantes médicinales. Me tenant dans ses bras, Macha se chargea de me faire boire par petites gorgées. Elle sentait les derniers tremblements de mon corps se dissiper. Je revenais à la vie et reprenais enfin mes esprits.

Le champ de foire et l'esplanade étaient maintenant déserts. Seuls quelques mendiants erraient à la recherche d'une hypothétique pièce échappée d'une bourse, ou d'un morceau de pain. Dans le ciel redevenu bleu azur Adrian tournoyait en formant des huit au-dessus des miséreux. Parmi eux, je pus distinguer un être mi-homme mi-dieu, aussi sale et répugnant, que le plus crasseux et le plus puant des indigents qui trainaient là. Il avait récupéré la pointe de la lance de Lug et cherchait les éclats de la hampe.

C'était Goibniu le forgeron. Il était responsable des armes magiques et allait pouvoir s'atteler à la conception d'une arme encore plus solide et plus redoutable que la précédente. La feuille de laurier avait, en effet le pouvoir de concentrer la force du vaincu. La nouvelle lance verrait ainsi sa solidité et sa puissance multipliée. Les performances de l'arme que le céleste maréchal-ferrant allait réaliser seraient immenses. Mais pourrait-elle n'avoir qu'un seul propriétaire ? Celui qui la possède est son serviteur et à tout moment les dieux peuvent la reprendre.

Je ne réalisai pas encore l'exploit que je venais d'accomplir.

J'avais, par mon geste vengé cinquante-quatre preux chevaliers décapités par Brun sans pitié ; les têtes étaient toujours fichées sur des pieux près de la grande fontaine. Ces braves avaient simplement eu l'outrecuidance, d'essayer de convaincre le roi de la rouge cité de ne pas laisser la damoiselle dévêtue dans l'eau glaciale de cette fontaine et à y rester jusqu'à la nuit. Pour subir une telle punition, elle avait osé affirmer que les chevaliers de la Table ronde étaient plus vaillants que le seigneur Brun.

Au matin suivant le combat, les têtes des chevaliers assassinés par l'infâme Brun avaient disparu des pieux. Elles avaient désormais retrouvé leurs corps respectifs, tandis que les pieux qu'elles ornaient encore quelques heures auparavant s'étaient transformés, par on ne sait quel enchantement, en cinquante-quatre croix celtiques formant un cercle parfait autour du bassin.

Depuis ce jour-là, chaque fois que de l'eau est répandue aux abords de la fontaine, un terrible orage éclate. Il s'accompagne de longs gémissements et de voix étranges. Ces cris affreux qui s'entendent depuis le fond de la forêt sont ceux de Brun sans pitié dont l'âme a été bannie par les dieux du royaume des morts.

## La Dame Blanche

J'avais quitté l'île de Gorias depuis quelques jours, laissant derrière moi non sans regrets, Esras et Macha. J'espérais au fond de moi revoir un jour celle pour qui mon cœur battait la chamade. Mais la vie est ainsi faite, je devais reprendre le chemin de ma quête avec Adrian, Morvac'h et Pervenche.

Je me dirigeai vers le nord et le temps se montrait moins clément. Le soleil avait fait place à une grisaille morose. La pluie, puis la neige s'étaient également invitées et petit à petit, un manteau blanc avait recouvert, les plaines et les vallons que je parcourais. Malgré cela, le chemin restait étrangement bien dégagé, comme si le vent nettoyait sciemment mon itinéraire. Adrian avait repris sa place sur le bât de la mule et je lui avais arrangé un abri avec une peau de lapin afin de le préserver du froid. Ainsi couvert, il pouvait se laisser bercer par le pas régulier de Pervenche.

Par moment, le chemin pénétrait profondément dans des forêts de résineux, épaisses et sombres. Quelques miles plus loin, les sapins avaient laissé place, à des chênes, ormes et hêtres débarrassés de leurs feuilles, pour l'hiver. Puis c'était la lande, les monts et les collines recouverts d'une neige immaculée qui reprenaient l'espace abandonné par la forêt. Le chemin longeait une rivière peu profonde au fond de laquelle on devinait le pavage irrégulier des galets. La glace avait par endroit, figé l'eau dans des figures que seuls le vent et le gel peuvent confectionner. Ces sculptures ne cessaient de m'émerveiller. Par endroit l'eau venait asperger des carillons de glace qui tintaient avec un son cristallin. Chemin faisant, le lit de la rivière devenait plus profond et plus large. Des cavités infinies étaient reconnaissables à la couleur noire qui en sortait. Depuis quelques lieues, les deux rives semblaient, s'éloigner l'une de l'autre.

Nous marchions depuis le lever du soleil et le froid commençait à m'engourdir. Laissant aller Morvac'h, je pensais à un bon feu devant lequel je pourrai me réchauffer et manger à ma faim, assis à une bonne table. Les bourrasques de neige me cinglaient le visage, lorsque mon regard fut attiré par une silhouette blanche émergeant des sapins et qui marchait, ou plus exactement semblait flotter sur l'autre berge. J'essayai de m'adresser à l'étrange apparition, mais celle-ci ne me répondit pas. Je voulus alors traverser la rivière, mais Morvac'h refusa tout net. Etrange pour un animal capable de marcher sur les flots que de ne pas vouloir s'engager sur une rivière aussi peu profonde à cet endroit. Je poussai la cadence pour parvenir à hauteur de la Dame Blanche, mais, la distance qui nous séparait, ne diminuait pas. Tout à coup, l'ombre fantomatique disparut, alors que nous arrivions dans un cirque. Le chemin tourna sur la droite et enjamba la rivière à par un pont dont les soubassements, les voûtes ogivales étaient constitués d'un magnifique entrelacs de granit rouge et blanc. Quant au tablier qui reposait sur les culées, il était constitué d'un magnifique granit rouge. Par endroit, la taille des pierres était grossière. Les pavés sur lesquels je m'engageai en étaient un parfait exemple. Alors que les arches en forme d'ogive étaient lisses comme du marbre, l'empierrement du sol était quant à lui sommairement taillé. Une question ne cessait d'occuper mon esprit : qui avait bien pu construire un pont de cette qualité dans un endroit aussi reculé ?

Nous avancions sur le pont depuis de longues minutes sans que la berge opposée, qui semblait pourtant n'être qu'à quelques pas, ne se rapproche. Je jetai alors un regard en arrière. Le spectacle qui s'offrit à moi était tout bonnement saisissant ! Je ne voyais plus le début du pont. Le cirque de granit rouge avait disparu et la forêt n'était plus qu'un simple trait sur l'horizon. Quelle étrange sensation que ce pont qui s'allonge à n'en plus finir et les berges qui n'en finissent pas de s'écarter. Je n'étais toutefois pas encore au bout de mes surprises. Lorsque je me retournai à nouveau pour reprendre le cours de mon chemin, la berge était toute proche. Plus étrange encore, la neige avait cessé de tomber et un paysage printanier s'offrait à moi. Les feuilles d'un vert tendre recouvraient les arbres et l'herbe aux reflets plus soutenus recouvrait la lande où le blanc des moutons se détachait sur l'azur du ciel. Par endroits, les arbres portaient déjà des fruits qui semblaient mûrs. Pervenche, venait juste de poser, son dernier sabot sur l'herbe tendre, que le pont de granit s'évanouit dans un souffle de vent, emmenant avec lui tout espoir de retour. Quel étrange lieu… Qui est l'enchanteur suffisamment puissant pour mettre en œuvre ce genre de magie ? La température était devenue clémente aussi vite que le froid était apparu. Je retirai mes gants en peau de mouton retournée ainsi que ma chapka en fourrure de castor et je rangeai mon gros manteau d'hiver. Je me penchais vers Adrian le milan et commençai à lui parler, tout en retirant la protection que j'avais installée contre le froid.

« - Adrian, il faut que tu prennes ton envol pour que tes yeux me rapportent ce que je ne vois pas du sol. Cette contrée me semble receler bien des mystères.

- Mais…que dois-je chercher précisément ?

- Dans un premier temps une auberge, un village ou tout autre lieu où nous pourrons nous restaurer et nous reposer.

-   Bien, je ne serai pas long. »

Adrian sortit de son nid douillet, déploya ses ailes et s'envola dans un ciel que seulement quelques nuages venaient ponctuer.

De là-haut, il découvrit une vaste contrée où plaines, vallons, bois et lacs se répartissaient l'espace. Les animaux de tout genre vivaient là tranquillement. Mais point de village, de château et pas de maison non plus, lui semblait-il. Ce lieu idyllique serait-il un havre de paix d'où l'homme serait absent ? Mais au loin, une petite fumerole semblait s'échapper d'un tertre. Adrian effectua plusieurs vols circulaires au-dessus de l'endroit d'où elle provenait, puis avec d'infinies précautions, il s'en approcha. Passant au-dessus de l'émanation, un parfum lui rappelant la cuisine humaine lui parvint jusqu'aux narines. Adrian décida alors de me rejoindre rapidement. Bien que le pays me semblât accueillant, j'avais appris à me méfier des impressions et des faux-semblants, que la nature était capable de concocter. Adrian me transmit ses dernières découvertes et nous prîmes la direction du tertre. Adrian, nous indiquait la route depuis les airs. Comme souvent, le cheminement terrestre fut plus long et semé d'embuches.

Au détour d'une butte le parcours s'arrêta devant un bois qui semblait impénétrable. Je demandai à Morvac'h d'avancer et comme par enchantement le chemin s'ouvrit devant nous. Les branches s'écartaient au fur et à mesure que le museau du cheval les touchait, puis elles se refermaient aussitôt derrière Pervenche qui tremblait de tout son corps. J'avais beau la rassurer, la pauvre bête était morte de peur. Après de longues minutes passées dans cet enchevêtrement de branches, la lande réapparut aussi verte et vaste qu'avant de la quitter. Cheminant à travers champs et vallées, notre petite troupe se retrouva bientôt en vue du tertre d'où s'échappait le doux fumet qui m'aiguisait tant l'appétit.

Une porte s'ouvrit dans le monticule et un géant en sortit. Il vint se placer à côté de Morvac'h. Ainsi, il pouvait me parler en me regardant droit dans les yeux.

« - Bonjour mon jeune ami ! Il y a bien des jours que je suis ton cheminement dans les eaux de la vision.

- Mais à qui ai-je l'honneur ? demandai-je.

- Je suis le Grand Savoir, plus communément appelé Morfesa. Je suis le druide primordial de l'île de Falias. Je serai ton guide pendant ton séjour sur cette île.

- Je vous remercie de cette aide précieuse.

- Tu me remercieras le jour de ton départ, seulement si je le mérite et si tu es encore en vie…

- Pourquoi cela ?

- Il me semble que ton voyage n'est pas de tout repos et que tu vis de drôles d'aventures… Non ?
- Effectivement mon voyage n'est pas dépourvu de surprises et ce n'est assurément pas un long fleuve tranquille.
- Alors qui te dit que tu ne vivras pas de nouvelles aventures ?
- Personne en effet, répondis-je.
- Pour l'heure entre avec tes amis dans mon humble demeure et venez-vous restaurer. J'ai préparé différents plats pour ta venue. Une litière propre et fraîche avec une ration d'avoine attendent Morvac'h et Pervenche, ainsi qu'un beau perchoir avec des friandises pour Adrian.
- Surpris je répondais : Mais comment connaissez-vous leur nom ?

- Gwynn, dois-je te rappeler qui je suis ?
- Non bien sûr. Mais je n'arrive pas à me faire à l'idée que vous êtes tous dans le secret des dieux. »

Morfesa éclata de rire. Un rire puissant qui se répercuta sur les murs de son antre et qui résonna pendant de longues minutes.

Morvac'h, Pervenche et Adrian remercièrent Morfesa pour son accueil. Chacun prenant possession de sa litière ou de son perchoir.

- Gwynn, suis-moi. Nous allons dîner dans la grande salle.

Nous entrâmes dans une pièce à la hauteur démesurée. Le plafond comportait cinq voûtes qui culminaient à bien six mètres au-dessus du sol. A l'autre bout, il y avait une cheminée immense elle aussi. Dans l'âtre, un tronc, d'environ 3 mètres brûlait en dégageant une douce chaleur et une lumière vive qui irradiait à travers toute la pièce. Un porcelet joliment doré, tournait sur une broche dont la grosseur laissait deviner qu'elle aurait été en mesure de supporter un bœuf. L'odeur qui s'en dégageait était alléchante, d'autant plus que je n'avais rien mangé depuis le matin. Une gigantesque table de noyer occupait le centre de la salle. De part et d'autre, deux bancs permettaient d'accueillir au moins 30 convives. Deux grands fauteuils disposés en bout de table étaient réservés à Morfesa, ou à d'autres de ses congénères. Je me sentais bien insignifiant. Différents plats tous plus appétissants les uns que les autres avaient été apportés là, de la simple salade de pousses de pissenlits, aux gâteaux en tous genres. Je ne savais plus où donner de la tête. La table débordait de délices. Dans un angle de la pièce, des tonneaux de vin en chêne blanc, grands comme un homme renfermaient des hectolitres de vin venant de France, d'Italie, d'Espagne ou encore du Portugal. Mais le fût qui faisait toute la fierté du maître des lieux

– le plus gros aussi, avec au moins deux mètres de circonférence, était celui qu'il avait ramené d'une île connue aujourd'hui sous le nom de Madère.

- « Passons à table mon ami, me dit-il d'un ton affable
- Avec grand plaisir ! »

Au cours de ce repas où se succédèrent les mets les plus succulents, nous échangeâmes sur beaucoup de sujets et le géant me demanda de lui raconter en détail les aventures qui m'avaient conduit d'Aberffraw à l'île de Falias. Je ne pus pas m'empêcher de lui parler de l'étrange apparition survenue quelques heures plus tôt.

- Morfesa, sur la route qui m'a amené ici, j'ai aperçu de ce côté de la rivière une silhouette blanche semblant voler au-dessus de la lande. Je ne suis jamais arrivé à la rattraper malgré la rapidité de Morvac'h. Elle restait à bonne distance et a disparu comme par enchantement au moment même où j'allais franchir le pont qui m'a permis de prendre pied sur ton île.

- Savez-vous de quoi il retourne ?
- Et bien, je vois que tu as fait connaissance avec la dame du Blanc-Chastel. Elle erre, comme une âme en peine depuis que son époux, Sir Lionel qui était un être bon mais maladivement jaloux, l'a emmurée vivante, la condamnant à une mort effroyable. Croyant qu'elle l'avait trompé avec son fidèle serviteur, il l'a attachée à une chaise devant une table recouverte d'un linceul aux armoiries du Blanc-Chastel, puis il a fait condamner les fenêtres et la porte de la pièce. Quant au serviteur, il fut décapité par une matinée glaciale, devant les seigneurs et le peuple qui avaient pris place

dans la cour d'honneur. Ce jour-là, on entendit un hurlement de femme, au moment où, la hache trancha la tête du malheureux. La légende raconte que seul le bon chevalier, pourra s'asseoir sur la pierre de Fal. Il libérera alors l'âme de la dame du Blanc Chastel et lui permettra de retrouver son honneur et la paix auprès des dieux ».

Encore sous le choc de ce que je venais d'entendre, j'espérai sincèrement être le valeureux chevalier qui allait la libérer.

- Serai-je celui-là ?
- Pour le savoir, il faudra que tu trouves la pierre de Fal et qu'elle te permette de t'asseoir dessus. Mais pour l'instant, nous allons prendre un repos bien mérité. Je t'ai préparé une chambre à côté de la mienne. »

J'entrai dans la pièce où un bon feu réchauffait l'atmosphère. Au milieu trônait un grand lit à baldaquin recouvert d'un grand édredon garni de plumes d'oie. Des grandes tentures recouvraient les murs et sur certaines on pouvait voir des scènes de chasse ou des paysages de contrées lointaines. Près de la cheminée, un bac rempli d'eau chaude était disposé sur un grand tapis avec des serviettes, et des vêtements propres. Bien que je fusse fatigué, je me dévêtis et me plongeai dans le bain aux huiles essentielles qui me rappelait celui de Macha.

Mon esprit s'envola alors vers celle qui m'avait tant troublé. Tout en me relaxant, j'imaginais les mains de Macha me masser les cheveux et me frotter énergiquement le corps. Je la revoyais poser son doigt sur sa bouche lorsque j'avais voulu lui faire part de mes sentiments. Mais ce soir j'étais seul dans le baquet d'eau chaude, où mes muscles se détendaient après une longue chevauchée. Une fois lavé et séché, j'enfilai une chemise de nuit et me glissai rapidement entre les draps. La chaleur douillette m'emmena bien vite dans un profond sommeil.

Au loin, le hululement d'un grand-duc emplissait la nuit. Après quelques heures de repos, le hurlement d'un loup me réveilla en sursaut. J'étais trempé de sueur. Je me levai et allumai une chandelle. Une lumière pâle et tremblante envahit la pièce. La flamme dansait sous le souffle d'un courant d'air. Je m'avançai vers la fenêtre pour regarder à l'extérieur. Le paysage était fantomatique. Le premier quartier de lune apportait une teinte spectrale aux alentours de la maisonnée. Le ronflement de Morfesa qui dormait à poings fermés dans la chambre d'à côté répondait au craquement sinistre de l'escalier en bois, qui descendait dans la salle commune et au crépitement des bûches. Je me rapprochai de la cheminée pour m'y réchauffer et je sentis soudain une présence derrière moi, comme un regard insistant. C'était la dame du Blanc-Chastel, qui me fixait à travers la vitre. Je sentis ses yeux posés sur moi, vides de chaleur. Ignorant ma peur, je me précipitai vers la porte et sortis à la rencontre du spectre, mais lorsque j'arrivai dehors, la dame blanche sembla me demander de la suivre.

- Que dois-je faire ? me demandai-je »

Je pris le chemin à mon tour et commençai à suivre l'apparition qui remontait la voie longeant la lisière de la forêt. Bien que la nuit fût douce, je sentais mon sang se glacer. Le froid engourdissait lentement mon corps mais je ne pouvais me résoudre à rebrousser chemin. Mais où allait-elle ? Devais-je continuer à suivre ce fantôme ? Est-ce que je ne risquais pas d'aller, à l'encontre de problèmes insurmontables ? Je ne savais pas pourquoi mais quelque chose me disait d'aller de l'avant. Au terme de cette poursuite se trouvait certainement ce que je cherchais en venant sur l'île de Falias.

Le vol du grand-duc au-dessus de ma tête me fit sursauter. Cette nuit était décidément étrange pour ne pas dire angoissante. Les Dieux avaient-ils décidé de me jouer un de leurs nouveaux tours ?

La dame du Blanc-Chastel s'arrêta au pied d'une falaise et disparut dans la roche. J'arrivai quelques instants plus tard là où l'ombre fantomatique s'était évanouie. En examinant de plus près la surface du rocher, je découvris une embrasure. Elle était suffisamment large pour qu'un homme s'y faufile de biais. Le dos collé à la paroi, mes coudes contre les flancs j'avançais à l'aveugle dans l'obscurité la plus totale. Jetant un œil sur ma droite, j'aperçus la lumière de la lune qui illuminait l'entrée de la brèche. Malgré ces ténèbres, je ne me sentais pas en danger. Je continuai à avancer prudemment et à tâtons. La roche face à moi semblait doucement s'écarter. Même en allongeant les bras, je ne parvenais plus à toucher la paroi. Je m'immobilisai à la recherche d'un moyen de voir plus clair dans cette pénombre. J'aperçus alors dans l'opacité de la nuit une lueur, comme une flamme vacillante dans le noir. Je me mis à quatre pattes et j'avançai vers la source lumineuse. Plus je m'approchais d'elle, plus elle s'intensifiait. Même si mes yeux ne distinguaient encore rien je continuai d'avancer. Je n'avais plus aucune notion du temps. Il semblait s'être arrêté. Depuis quand avais-je quitté ma chambre ? Combien de temps avais-je bien pu suivre la dame blanche ? A quelle heure étais-je entré dans cette grotte et pourquoi étais-je ici ? Toutes ces questions restaient désespérément sans réponse. Mon seul but pour l'instant était de parvenir jusqu'à cette lumière et de retrouver la Dame Blanche.

Après quelques minutes, je commençai enfin à distinguer le sol devant moi, puis les contours du rocher, mais pas encore le haut de la cavité. Je pus bientôt me redresser. La lumière diffuse me permettait à présent de m'orienter. Je suivais maintenant un long couloir étroit et humide. L'eau suintait abondamment le long des parois. Devant moi, une pièce immense s'ouvrit et je pouvais distinguer clairement que la lumière provenait de là. Des lumignons étaient disposés dans les angles. La source principale d'éclairage semblait venir d'en haut. En levant les yeux, je vis la lune qui illuminait la salle, par un puits creusé au sommet de la voûte.

Les rayons lunaires éclairaient une pierre en forme de siège disposée à l'aplomb de l'oculus, au beau milieu de la grotte.

Etait-ce la fameuse pierre de Fal dont m'avait parlé Morfesa ?

En tout état de cause, elle ressemblait beaucoup à la description que m'en avait faite le druide.

Je m'avançai vers le siège et prenant mon courage à deux mains pris place…Un cri inhumain se fit alors entendre dans toute l'immensité de la grotte.

-   « Gwynn d'Aberffraw, tu es celui que j'attendais.

J'étais terrifié, et je n'osai plus bouger.

-   Mais, qui me parle ainsi ? Demandai-je d'une voix hésitante.
-   C'est moi, la pierre de Fal. J'ai reconnu en toi la volonté des dieux. Tu pourras m'emmener avec toi sur l'île d'Ynis Môn où se trouve Aberffraw ».

Soudain le sol se mit à trembler et la voûte s'effondra par moitié. Quel ne fut pas mon étonnement de me retrouver alors assis sur le siège au beau milieu d'une prairie. Seulement éclairé par la lune, je voyais presque comme en plein jour. J'étais revenu à quelques pas de la maison de Morfesa. La Dame Blanche réapparut et me guida jusqu'à ma chambre avant que le sommeil ne m'emporte à nouveau. Ce n'est que bien plus tard, des heures après le lever du soleil que je me réveillai finalement.

J'avais l'impression de sortir d'un mauvais rêve mais lorsque je vis par la fenêtre la pierre de Fal qui trônait au milieu du champ, la mémoire me revint tout à coup.

Morfesa tournait autour du bloc massif, en se posant des questions et ce n'est qu'après avoir entendu mon récit qu'il comprit ce qui s'était passé au cours de la nuit.

- Il te reste encore bien des choses à découvrir sur cette île.
- Lesquelles ? demandai-je avec curiosité.
- Chaque jour apporte son lot de découvertes. Prends le temps de visiter cette rieuse contrée, où le printemps est éternel et les merveilles inattendues.

## La harpe magique

Le jour venait de se lever sur Falias lorsque j'allai chercher Morvac'h mon fidèle destrier. Adrian avait déjà pris son envol pour sa chasse quotidienne. Quant à Pervenche elle paissait tranquillement dans l'enclos attenant à la maison de Morfesa. Elle se délectait de l'herbe tendre et grasse.

Je parcourais la lande depuis plusieurs heures lorsque je parvins à l'orée d'une forêt où l'on se serait cru en été. La température était douce et agréable. Le soleil brillait déjà haut dans le ciel où rien ne venait gêner le regard. Le parfum des fleurs embaumait l'air ambiant. Par endroit, des effluves de foin coupé prenaient le dessus sur les arômes subtils de violette, de chèvrefeuille et d'églantier qui poussaient le long du chemin. Des nuées d'abeilles virevoltaient de fleurs en fleurs en s'enivrant de nectar. Les oiseaux voletaient à la poursuite des insectes et profitaient des vents ascendants pour effectuer des voltiges dans le ciel pur.

Le chemin passa sur un pont de bois qui enjambait une petite rivière aux eaux cristallines. La voie s'orienta ensuite au nord sur plusieurs lieues. Le paysage s'élargit puis se referma tout aussi vite dans une succession de bosquets, de bocages et de vastes pâturages, mais toujours en suivant le ruisseau qui serpentait au fond du vallon. Puis progressivement, le chemin se fit sente, et le ruisseau devint ru. La forêt s'épaississait à nouveau autour de moi. Petit à petit, le bleu du ciel ne transperçait plus l'abondante frondaison. La nuit semblait être tombée sur la sente. Seuls quelques rais de lumière, parvenaient à traverser le feuillage aux multiples teintes de vert. Cet univers abrite parfois des démons, des elfes, des fées, et tellement d'autres êtres méconnus. Morvac'h continuait à suivre tranquillement le minuscule chemin tracé au milieu des bois, lorsqu'apparut devant nous une clairière. L'image qui en émanait, semblait entourée d'un léger flou. L'herbe était d'un vert tendre et brillant. Cet éclat était dû à une légère rosée qui recouvrait le sol. Des gouttes glissaient lentement, de feuilles en feuilles avant de tomber délicatement, sur la feuille suivante. Toutes ces petites gouttelettes de rosée allaient pouvoir nourrir les différentes plantes de la clairière. En pénétrant dans cette trouée la forêt sembla se retirer devant moi. La futaie laissa place à un pâturage baigné par une lumière douce et féérique. Devant moi, la prairie s'étendait à perte de vue.

Aucun endroit de Falias ne ressemblait à un autre. Je commençais à vraiment apprécier la variété des paysages qu'offraient ces îles du nord du monde, même si je savais au fond de moi, qu'une fois ma quête achevée je ne reviendrais sans doute jamais dans ces contrées extraordinaires. Ces îles étaient si différentes de celle que je connaissais, sur laquelle j'avais vécu jusqu'alors et où se trouvait mon petit village. Mes pensées avançaient au rythme du pas de Morvac'h. Je flottais dans l'atmosphère étrange de ce jardin d'Eden lorsqu'une douce mélodie se fit entendre. Elle ressemblait au souffle du vent dans les feuilles du célèbre chêne à deux floraisons où druides et fées se retrouvent au solstice d'été. A moins que ce ne soit le chant de Margygr la sirène. Cette créature chante pour envoûter les êtres qu'elle souhaite séduire. Je me laissai suborner par cette douce mélodie et j'avançai tranquillement sur l'herbe tendre. Morvac'h ressentait, lui aussi, la présence des êtres merveilleux. Ni une ni deux, il me sortit de ma léthargie et me ramena à la réalité par une petite ruade.

- « Gwynn, nous allons bientôt rencontrer des licornes, me dit-il.
- En es-tu bien sûr Morvac'h ?
- Oui… je peux sentir leurs ondes surnaturelles, mais je ne les vois pas encore ».

C'est à ce moment-là, qu'Adrian descendant en piqué vint se poser sur mon épaule. Il me parla à l'oreille,
- « J'ai découvert des licornes, à environ une lieue d'ici.
- Je t'avais bien dit que je sentais leur présence reprit Morvac'h. Mais attention, sous son air craintif la licorne cache une force qui n'a d'égale, que sa rapidité.
- Merci mes amis, je serai prudent. Allons à leur

rencontre, il me tarde de voir ces créatures légendaires ».

Plus j'avançais, plus il devenait clair que le son que j'avais entendu n'était pas celui du souffle du vent dans les feuilles, mais bien le son cristallin d'une harpe. Sa musique relaxante parvenait jusqu'à mes oreilles sans qu'il ne soit encore possible de distinguer cet instrument et encore moins des licornes. Je continuai mon chemin jusqu'à un virage qui contournait un promontoire herbeux. Le son s'amplifia subitement. Là, devant un étang où un couple d'eider glissait lentement sur l'onde, seulement perturbé par le vol des libellules, une harpe jouait sa mélodie enchanteresse posée sur l'herbe tendre. Juste à côté, deux licornes se laissaient griser par les notes limpides. Leurs cornes spiralées semblaient diriger la harpe. Leur robe d'un blanc immaculé était éblouissante. Sur la droite de ce tableau surréaliste une troisième licorne était couchée. Les fleurs aux multiples couleurs, contrastaient avec le blanc de sa robe. Sa tête était posée sur les genoux de la Dame Blanche elle-même adossée à un chêne. Elle caressait le cou de l'animal qui se laissait faire docilement. Les yeux fermés et le souffle lent de la bête prouvaient qu'elle dormait en toute confiance.

Non loin de là, une autre licorne à la blancheur encore plus pure et éblouissante que les autres approchait dans un mouvement chaloupé comme si elle dansait au son de la harpe. Bien qu'elle fût de la même taille que Morvac'h, elle avait une foulée plus longue et plus légère. Sa crinière soyeuse virevoltait sur son cou et sa frange voluptueuse habillait harmonieusement son front. Le mouvement qui l'animait faisait courir sur son pelage des frissons brillants. Sa queue épaisse, portée haute, flottait comme un nuage. De son corps, une lumière se diffusait variant du gris cendré au blanc angélique. Parfois des étincelles en forme d'étoiles jaillissaient de ses sabots. Elle portait haut sa terrible corne striée de nervures nacrées qui s'enroulaient en torsades régulières. Cette défense, très recherchée par toutes les cours royales avait la particularité de purifier l'eau et d'être un puissant antipoison. Toutefois, seuls quelques enchanteurs étaient capables d'en tirer toute la puissance. S'approchant de la mare la licorne trempa sa corne dans celle-ci et l'eau vaseuse se transforma immédiatement en une onde cristalline. Les premières truites apparurent et se mirent à sauter à la surface pour gober les insectes. Elle se désaltéra paisiblement de l'eau fraîche et pure. Elle redressa la tête pour me regarder avec curiosité, moi et mes compagnons.

Pendant tout ce temps, Adrian et moi-même contemplâmes le spectacle, et nous laissâmes envoûter par les accords de la harpe. Personne n'en pinçait les cordes et pourtant une mélodie enjôleuse s'en échappait. Cette complainte envoûtait nos esprits à tel point que le temps semblait suspendu, comme arrêté par enchantement.

La licorne est un animal certes magnifique, mais extrêmement craintif, qui ne se laisse pas facilement approcher par l'homme. Pourtant, lorsque la licorne me vit, elle vint vers moi avec une méfiance relative.

- Bonjour à toi damoiseau. »

Je fus surpris par ces premières paroles mais, je repris rapidement mes esprits et questionnai la créature :

- Oh Bonjour ! je m'appelle Gwynn, et vous, quel est votre nom ?
- Je suis Arianrod de la forêt enchantée, me répondit-elle.
- Je suis ravi de faire votre connaissance. Depuis quand, parlez-vous notre langue ?
- Depuis l'époque où animaux et hommes ont été créés par les dieux.
- C'est la première fois que je rencontre une licorne et je suis surpris de vous entendre parler avec une voix humaine.
- Vous êtes bien jeune, damoiseau, et avez encore beaucoup à découvrir, dans ces îles au nord du monde.

Je me hasardai à lui poser une nouvelle question.

- Puis-je vous demander votre âge ?
- Voilà une question bien indiscrète ! Sachez que l'on ne demande pas l'âge des dames.

Mais, par coquetterie, je vais vous avouer le mien. J'ai entamé mon quatrième siècle l'année dernière

- Quelle merveille ! Vous ne les faites pas du tout, lui dis-je comme pour mieux faire oublier l'impertinence de ma question.
- Vous me flattez, jeune damoiseau…
- Je veux bien l'admettre, mais j'aime la beauté qui émane de vous.
- Seriez-vous en train de me faire des avances ?
- Je ne voulais pas être grossier, nous ne nous connaissons que depuis quelques minutes, essayai-je de baragouiner, mal à l'aise.
- Bien, bien… Nous suivons vos pérégrinations depuis que vous avez posé le pied sur l'île de Murias.
- Ah oui, vraiment ?
- Croyez-vous qu'un simple mortel pourrait parcourir les îles au nord du monde en toute

impunité, sans que nous en soyons informés ?

- Sans doute...
- Tout comme les druides primordiaux, les dieux nous ont mis dans la confidence. »

Je m'approchai ensuite de la harpe magique en compagnie d'Arianrod. Le son pur, harmonieux et angélique de la mélodie qui en émanait m'enivrait. J'étais grisé par le spectacle qui s'offrait à moi. Les cordes vibraient émettant des volées d'arpèges que portaient les vents présents. Je voulus en savoir plus :

- « Comment une harpe peut-elle jouer seule ?
- Elle ne joue pas seule. Vous ne le voyez pas mais, c'est un harpiste du nom d'Uaithne qui joue ces extraordinaires mélodies.
- Quel nom étrange. Que signifie-t-il ?

- Son nom veut dire harmonie. C'est le Dagda qui le lui a donné, car il est le dieu tutélaire des musiciens et à ce titre, il possède une harpe magique. »

Arianrod poursuivit ses explications :

« Cet instrument a la particularité de connaître tous les accords, toutes les mélodies et de pouvoir les jouer seul, sur instruction du dieu qui les prête régulièrement à Uaithne. Une légende dit qu'elle fut volée par de vils personnages, Alors Dagda, Lug et Ogme partirent à sa recherche et sillonnèrent tout le pays. Ayant retrouvé sa trace, Dagda l'appela et la harpe reconnaissant la voix de son maître s'envola et tua neuf méprisables voleurs. Le reste de la troupe se précipita vers nos trois dieux. La harpe se mit à jouer l'air des lamentations alors les femmes des renégats tombèrent sous le charme et se mirent à pleurer. Puis elle interpréta l'air de l'allégresse et là tous les hommes se mirent à rire aux éclats. Enfin, elle joua l'air du sommeil, et tous les bandits s'endormirent. Les dieux ainsi débarrassés des gredins prirent la harpe et partirent la mettre en sécurité. Depuis ce jour, Uaithne le harpiste veille sur elle. »

Pendant ce temps-là, Morvac'h avait fait connaissance avec une de ces belles licornes. Entre chevaux mythiques il était normal de partager un moment d'intimité hors de la vue des humains.

Je laissai Arianrod vaquer à ses occupations et pris le chemin du retour dès que Morvac'h revint. Tout en chevauchant je laissai aller mes pensées vers celle que je n'arrivais pas à oublier.

- « Bonjour Gwynn ! Je te trouve bien songeur en cette douce après-midi.

Je sursautai en entendant la voix de Sémias. Je n'arrivai décidément pas à m'habituer à ces interventions venues d'outre-tombe.

- Bien le bonjour Sémias, vous m'avez fait une peur du diable, vous savez !
- Oui, j'ai vu ça ! D'ailleurs j'en ris encore, me dit-il en ricanant.
- Que me vaut cette visite ?
- Et bien, tu sais que je suis le messager des dieux. Or, ils ont justement un message à te délivrer.
- Tiens donc, il y avait bien longtemps qu'ils ne m'avaient contacté…
- Ne sois pas médisant, veux-tu !
- Oui, veuillez m'excuser, répondis-je l'air un peu penaud.

- Alors, veux-tu connaître leur message, oui ou non ?
- À vrai dire, si cela pouvait attendre un peu… je préférerais d'abord m'entretenir avec vous. Cela ne peut-il pas attendre notre retour chez Morfesa ?
- C'est d'accord, Gwynn. Même si tout cela me semble bien mystérieux. Qu'as-tu as me dire ?
- Et bien voilà … euh … comment dire …
- Qu'est-ce qui te tracasse tant ?
- J'ai rencontré une jeune femme…
- Et alors ?
- J'aurais besoin d'un conseil.
- Ne voudrais-tu pas me parler de Macha ? me dit-il, comme s'il avait pu lire dans mes pensées.
- Mais               comment ?... Evidemment, je parie que les

dieux ont dû vous en parler. C'est ça ?

- Les dieux ! Non, mais voyons je suis à tes côtés depuis le premier jour alors je connais tout de toi.

- Que ne connaissez-vous pas de moi… ? répondis-je dans un soupir.

- Je connais tout ce que tu as vécu jusqu'à aujourd'hui, mais je ne connais pas ton avenir.

- Ce n'est déjà pas si mal…

- Je dois bien l'admettre. Ne change pas de sujet et revenons-en à Macha, veux-tu ? Plus vite tu m'auras parlé d'elle et plus vite je pourrai te dire la parole des dieux.

- Je voudrais savoir si un amour est possible entre un homme et une fée.

- À vrai dire, mon jeune ami, je ne suis malheureusement pas le plus compétent en la matière. Tout ce que je peux te dire, c'est que s'il s'agit d'un amour sincère et réciproque, les dieux le permettront peut-être alors.

- Ils sont décidément partout…

- Dans le moindre souffle de vent, dans la plus petite goutte d'eau, jusque dans la plus infime parcelle de terre.

- C'est bien ce que je me disais.

Morvac'h marchait au pas et Adrian m'avait rejoint. Le tertre de Morfesa était en vue, et le visage de ma belle était là, devant mes yeux.

## La princesse ensorcelée

Ma nuit avait été mouvementée, mon sommeil empli de cauchemars évoquant des combats avec des êtres maléfiques. Je m'étais réveillé en sursaut et trempé de sueur. Mes yeux étaient gonflés et mes cheveux hirsutes.

J'avais quitté Morfesa depuis trois jours, en emmenant la pierre de Fal, le chaudron magique et la lance de Lug. J'avais chargé tout cela sur une carriole tirée par Pervenche. Le vieux druide primordial m'avait vaguement indiqué le chemin pour me rendre sur l'île de Findias et trouver Uiscias, un autre druide primordial. J'essayai de suivre

147

l'itinéraire malgré le peu d'indications qui m'avaient été fournies. Je devais traverser la forêt du Mal-pas et la montagne des Ombres. Comment pourrais-je trouver le passage vers cette nouvelle aventure ? Heureusement, Morvac'h, Adrian et Pervenche étaient là pour m'aider dans ce voyage.

Le vent avait tourné dans la nuit, apportant avec lui des nuages sombres gorgés de pluie. L'horizon bouché ne dépassait pas la hauteur d'un cavalier. Les stratus avaient commencé à déverser une ondée fine et pénétrante. L'eau ruisselait sur l'encolure de Morvac'h. Elle faisait briller son poil et boucler sa crinière. Adrian avait trouvé une place au sec dans la carriole. C'était le seul à ne pas se mouiller. Quant à Pervenche, elle tirait difficilement la charrette lourdement chargée qui s'enfonçait dans le sol boueux. La pluie ruisselait sur ma tête, tombait sur mes épaules et trempait ma cape. Mes braies étaient littéralement imbibées et mes cuisses plus frigorifiées que jamais. J'avançai ainsi depuis des heures, sans que l'averse ne daigne s'arrêter un instant. Je ressemblais à une vieille guenille détrempée. Nous avancions péniblement et je n'avais pas remarqué que Morvac'h marchait sur les eaux. Pervenche s'était arrêtée à l'entrée de cette espèce de marécage lugubre. Elle attendait, là-bas, sur ce qu'il restait d'un semblant de chemin encore carrossable. Quel temps ! J'étais trempé jusqu'aux os et pas un seul abri en vue. Je revins un peu en arrière pour prendre la voie praticable et j'essayai de la suivre tant bien que mal. La journée avançait et je ne savais toujours pas si je me dirigeais vers la forêt du Mal-pas ou vers la montagne des ombres. Aucun de ces deux noms n'était franchement rassurant et je me serais bien passé de devoir m'y aventurer. Mais puisque c'était là le seul itinéraire possible, je devais aller de l'avant. Avec cette pluie la nuit semblait arriver tôt et je me mis à la recherche d'un refuge pour passer la nuit.

Au détour du chemin, j'aperçus finalement une vieille bâtisse. Oh ! bien sûr elle ne ressemblait pas à un palais, ni même à une auberge, mais elle ferait l'affaire pour les quelques heures que j'allais y passer, du moment que le chaume du toit ne laissait pas filtrer la pluie. En m'avançant plus près, je vis une lumière à peine perceptible par la fenêtre, comme une bougie vacillante. Cette masure était donc habitée. Je m'approchai prudemment cette fois lorsque la porte s'ouvrit, laissant apparaître un ermite aux cheveux longs et ébouriffés mais d'une belle constitution. Il emplissait tout l'espace laissé par la porte ouverte. Je me dirigeai vers lui et l'interpelai.

- « Bonsoir, je suis Gwynn d'Aberffraw. Moi et mes compagnons cherchons un logis pour la nuit.
- Salut à toi voyageur. Mon nom est Bliobéris[7]. Sois le bienvenu dans mon humble demeure. Je te laisse faire le tour pour installer tes amis dans la grange. »

Je contournai le bâtiment et entrai dans la grange où se trouvaient déjà une vache, un cochon, une chèvre, un âne et quelques poules. Je libérai Morvac'h et Pervenche de leur harnachement et les installai dans un box où la paille avait été fraîchement retournée et où le foin sentait bon les fleurs d'été fraîchement coupées, comme s'il venait d'être fauché et semblait n'attendre qu'eux. Adrian sortit de la carriole et alla se percher non loin de nos deux amis. Quant à moi, j'en profitai pour me changer et mettre à sécher le linge de la journée. Enfin présentable, je partis rejoindre le maître des lieux.

- « Entrez preux chevalier et prenez place à ma table.
- Merci à vous, Bliobéris. »

J'étais glacé jusqu'aux os mais le bon feu qui brûlait dans la cheminée me réchauffa rapidement et bien vite je retrouvai des forces.

- Où allez-vous ainsi ? me demanda-t-il.
- Je dois me rendre sur l'île de Findias.
- C'est un bien long et dangereux voyage même pour un valeureux chevalier comme vous.
- Pouvez-vous m'en dire plus sur la route à suivre ?

- Il te faudra franchir le Mal-pas, mais surtout la montagne des Ombres.
- Ces noms ne me disent décidément rien qui vaille, avouai-je, l'air inquiet.
- Vous avez raison de les craindre, en effet. Le Mal-pas est un passage périlleux situé dans un marécage hanté par des démons, mi-hommes, mi-bêtes. Ils tenteront par tous les moyens de vous faire trébucher dans le marais où Wyverne la vouivre te dévorera.
- Mais à quoi ressemble ce monstre ?
- C'est la toute la difficulté. Lorsqu'elle sortira des eaux stagnantes tu verras apparaître une créature magnifique. Son visage angélique est mis en valeur par une escarboucle[8] de couleur grenat foncé qu'elle porte sur le front et des yeux d'un bleu « opale bleu de feu ».

Ne croise jamais son regard, car c'est ainsi qu'elle ensorcèle ses victimes. Une fois qu'elle t'a fixé dans les yeux, il ne lui reste plus qu'à aspirer ton âme et vider ton corps de toute sa substance. Elle a de longs cheveux blonds qui flottent dans les airs et qui descendent en cascade le long de son dos, recouvrant d'un léger voile de lin doré son corps de déesse. Mais à partir de là, c'est la queue d'un serpent qui termine le corps de cet être maléfique. Si tu te laisses prendre au piège elle s'enroulera autour de ton corps et t'emmènera avec elle dans les profondeurs du marais.

- C'est engageant ! Et comment reconnaitrai-je les démons qui l'accompagnent ?

- Tu les confondras assez facilement. En effet, même si la plupart d'entre eux ont une apparence humaine, ils possèdent cependant des ailes de chauve-souris qu'ils dissimulent sous leur long manteau. Surtout, tu regarderas attentivement leurs jambes, car elles sont semblables à des pattes de bouc. Quant à la montagne des Ombres, autre lieu habité par des démons en souffrance, elle est aussi mal fréquentée que la forêt du Mal-pas.

- Je ne saurais que trop vous remercier pour ces précieuses informations Bliobéris ! Je tacherai de m'en souvenir.

La nuit fut courte et je fis un étrange songe où apparaissait un être sans visage. Un halo semblable au soleil entourait sa tête et ses cheveux blonds dansaient comme sous le souffle d'un vent chaud et sec.

Je pris le chemin du Mal-pas, faute de pouvoir échapper au destin que les dieux avaient choisi pour moi. Cela faisait maintenant plusieurs heures que notre petite troupe avançait sur une sente étriquée qui serpentait au milieu des pâturages. Le vert des prés avait laissé la place à une herbe brunâtre, haute et sèche, parsemée d'arbrisseaux rabougris et à moitié effeuillés. Un vent chaud soufflait desséchant tout sur son passage. Mon tricot de corps était trempé de sueur, il devait faire au moins trente-cinq degrés. Pervenche n'arrêtait pas de secouer la tête pour se débarrasser des nuées de mouches qui se posaient sur ses naseaux. Adrian avait pris son envol et planait haut dans le ciel pour échapper lui aussi à la chaleur et aux insectes. Il n'y avait que Morvac'h et moi qui n'étions pas trop incommodés par les bestioles volantes. De temps en temps, Adrian redescendait pour nous dire où se situait le marécage mais pour l'instant il n'y avait rien en vue. Le soleil avait dépassé son zénith depuis déjà bien longtemps lorsque mon ami ailé fondit vers moi en lançant des petits cris.

- « Gwynn ! Le marais est là, juste derrière le prochain promontoire.
- Merci Adrian, tu es les yeux dont j'ai besoin.
- Fais bien attention, rappelle-toi les précieux conseils de Bliobéris, me dit Morvac'h avec un air soucieux.
- Ne t'inquiète. Je t'en fais la promesse, je ne la regarderai pas dans les yeux, lui répondis-je avec conviction.

Je n'avais pas encore fait le tour du tertre, que déjà de drôles d'oiseaux étaient apparus, venant presque jusqu'à nous. Il s'agissait d'un curieux mélange d'êtres démoniaques : un corps de grand corbeau avec des serres d'aigles. Mais le plus effrayant c'était leur tête. On aurait dit une fouine aux yeux rouges à laquelle on aurait greffé une bouche démesurée munie de dents de requins.

Ces oiseaux étaient tout simplement diaboliques. Leur cri horrible aurait glacé le sang de plus d'un chevalier, moi y compris.

Adrian avait repris son envol et se trouvait maintenant en lieu sûr.

Un de ces monstres volants fonça droit sur moi, je basculai alors en arrière pour l'éviter et je me retrouvai allongé sur le sol. Morvac'h s'arrêta aussitôt et fit bouclier avec son corps pour me protéger des attaques successives des oiseaux. Heureusement ma cotte de maille était suffisamment épaisse pour arrêter leurs serres acérées et leurs coups de becs. Je me redressai rapidement et dégainai mon épée et commençai à occire plusieurs de ces créatures abjectes. J'étais là, l'épée à la main, coupant, tranchant à tout va. Cela eut pour effet d'en dissuader quelques-uns mais la plupart continuaient à s'abattre sur moi par vagues successives, dans un sifflement aigu qui suffisait à me donner la chair de poule.

Je les voyais, lancés comme des boulets, les ailes repliées sur leur corps et les ouvrant au dernier moment pour mieux essayer de m'attraper avec leurs griffes acérées. Je ne comptai plus les oiseaux tués, le sol était jonché de cadavres ensanglantés. Mes bras commençaient à me faire souffrir à force d'utiliser mon épée à deux mains.

Soudain tout s'arrêta aussi vite que cela avait commencé... Un silence pesant s'abattit alors sur toute la vallée. Dans un dernier effort, je plantai mon épée dans le sol et je me laissai tomber à genoux. J'étais las de tant d'efforts pour venir à bout de ces êtres maléfiques. Reprenant péniblement mon souffle, je redressai la tête et me rendis compte tout à coup que je me trouvais au bord de l'eau, ou plus exactement d'un marais. L'odeur qui s'en dégageait n'était pas des plus ragoutantes. Au fur et à mesure que je reprenais mon souffle, un brouillard épais et froid venait recouvrir l'eau croupissante du marais. Je me redressai et vis une ombre se dessiner furtivement dans l'eau stagnante. Puis plus rien. L'instant d'après j'aperçus l'ombre pernicieuse venue hanter l'eau insalubre. Etait-ce Wyverne la vouivre, l'envoutante maîtresse du marais ? Je ne le savais pas encore mais ma vie ne tenait plus alors qu'à un fil.

Morvac'h battait de ses sabots noirs et puissants le sol boueux de la berge. J'avais beau lui dire de se calmer, rien ni personne ne pouvait l'arrêter. Il soufflait nerveusement me faisant ainsi comprendre que le danger était imminent. Le brouillard se dissipa et les nuages laissèrent place à un soleil radieux qui commença même à nous réchauffer, le ciel devenant d'un bleu opale bleu de feu magnifique. Plus aucun nuage à l'horizon ni d'ombres ondulantes sur le marais et même si ces eaux restaient saumâtres, l'odeur pestilentielle avait totalement disparu. On entendit même à nouveau un chant d'oiseau. Mais en était-ce vraiment un ? Ecoutant d'une oreille plus attentive, je dus me rendre à l'évidence : plutôt qu'un chant, c'était une petite voix sifflotante et envoûtante qui se faisait entendre. Au début elle n'était pas compréhensible, mais petit à petit, des bribes se détachèrent, puis des mots et enfin des phrases entières.

- Gwynnsss... Oui, toi Gwynnsss d'Aberffrawssss, que fais-tu dans mon maraisss ?

- Où êtes-vous ? Que me voulez-vous ?

- Le vieux fou de Bliobérisss, ne t'a donc rien ditsss ?

- Qu'aurait-il dû me dire ?

- Silencesss ! Ici c'est moi qui parlesss. »

Je ne l'avais toujours pas aperçue. Où pouvait-elle donc bien se cacher ? Il m'était impossible de distinguer avec précision d'où venait le son de sa voix. L'eau du marais était lisse comme un miroir. J'avais beau être sur mes gardes, elle pouvait surgir à n'importe quel moment et d'on ne sait où !

Soudain, juste devant moi, une lueur intense, puis son visage apparut, tel un rayon de soleil, baignant dans un écrin de cheveux blonds flottant dans les airs. Plus elle approchait de moi et plus devenaient nets ses traits. Son corps d'un blanc laiteux laissait apparaître de frêles épaules et des bras finement musclés. Nue, elle avait des seins opulents aux aréoles foncées, qui contrastaient avec la pâleur de sa peau. Je dois avouer que dans un premier temps mon regard fut hypnotisé par tant de beauté et de grâce. Comment un être en apparence si parfait pouvait-il être une vouivre ?

Me rappelant les conseils de Bliobéris, je veillai à ne pas la regarder dans les yeux. La lueur qui se dégageait de l'auréole entourant son visage était si puissante qu'elle m'éblouissait et m'empêchait heureusement de croiser son regard pour l'instant. J'étais fasciné. Mes gestes étaient comme ralentis. Le vent était devenu un sifflement qui s'amplifiait et hérissait les poils de mes bras. La créature était là, devant moi, à moins de cinquante pas. Elle continuait d'avancer en ondulant tel un serpent. Je commençai petit à petit à distinguer ses yeux. Elle commençait à m'hypnotiser. Toutefois, je décelais quelque chose de particulier au fond de son regard. Il me semblait que c'était un appel au secours. Je sentais mon âme et mon corps se séparer, tandis que son esprit s'emparait de moi. Je pouvais lire dans ses pensées et j'entendais ce cri de détresse me dire d'une petite voix : « Gwynn preux chevalier d'Aberffraw, venez à mon aide. Je suis la princesse de Galigan, fille du seigneur Lampart, maître de ces lieux. Je suis prisonnière d'un puissant sortilège qui m'a transformée en une infâme vouivre. Je hante ce marécage pour l'éternité. Gwynn, si vous m'entendez, je vous en supplie embrassez-moi pour briser ce mauvais sort et faites que je redevienne la princesse Fleur de Galigan pour que je retrouve enfin ma famille. »

S'agissait-il d'une ruse de la vouivre ? Ou était-ce un mauvais rêve ? Que devais-je faire, l'embrasser ou sortir ma dague pour la tuer de suite ? Allais-je me laisser emporter au fond de ce marais putride et lui servir de repas ? Toutes ces questions restaient désespérément sans réponse. Mon regard était toujours planté dans le sien. Captivé, j'entendais à peine Morvac'h et Pervenche essayer de me ramener à la raison. Ils avaient beau hennir et frapper la bête de toutes leurs forces rien ne semblait pouvoir l'atteindre. Adrian quant à lui, lacérait de ses serres acérées les épaules et la queue de la vouivre, mais rien n'y faisait. Je sentais mon enveloppe charnelle se vider. Je n'étais plus qu'un tas d'os et de muscles. Wyverne avait commencé à m'entrainer au fond du marais et je pouvais sentir l'eau monter le long de mes jambes. Cela me fit l'effet d'un traumatisme. Revenant un peu à moi, je me rendis alors compte que je ne pouvais plus m'échapper. J'étais prisonnier de la queue de la vouivre. Son regard toujours planté dans le mien, je ne pouvais plus bouger que le haut de mon corps. Soudain, une voix faible se fit entendre, c'était Esras qui me venait en aide.

- « Tu dois l'embrasser…
- Comment … ?
- Gwynn, tu dois l'embrasser ! c'est ta seule solution !
- Mais tu n'y penses pas, je ne vais pas lui donner ma bouche !!!
- Il le faut pour l'avenir…
- Je ne vais pas embrasser un serpent à la langue fourchue ?
- Fais-le Gwynn…tu n'as pas le choix, c'est cela ou tu es un homme mort, et avec ta

disparition, tous les espoirs du royaume s'envoleront. »

Dans un ultime sursaut, j'attrapai la tête de la bête et tentai de l'embrasser. Elle résista, mais je sentis à ce moment-là une formidable puissance m'envahir. Les dieux venaient enfin à mon aide. Je retrouvai suffisamment de force pour l'obliger à ouvrir la bouche. Lorsqu'enfin je sentis sa langue fourchue, je fus pris d'un haut le cœur et du toutefois résister à une profonde envie de vomir. Nos langues s'unirent dans un baiser qui devint de plus en plus passionné. J'avais beau l'embrasser de plus en plus fougueusement, elle continuait malgré tout à s'enfoncer dans les eaux du marécage. Nos yeux étaient eux aussi dans un profond face à face indécis. Qui parviendrait à prendre le dessus ? Qui l'emporterait dans ce combat que se livraient par pantins interposés, dieux et sorcières ? Ce n'était plus uniquement Wyverne la vouivre et moi qui combattions dans ce corps à corps, mais bien les dieux et les démons que je devinais à travers nous. Avais-je finalement surmonté avec succès toutes ces épreuves, pour finir ainsi noyé au fond d'un marais lugubre. Je ne pouvais me résoudre à cette fin tragique… Moi Gwynn d'Aberffraw, fils du cordonnier de cette ville, j'avais été envoyé par Hélias dans les îles au nord du monde, pour quérir les objets magiques des druides primordiaux. J'avais appris à parler aux animaux et maintenant j'allais trépasser, loin des miens sans achever la quête que m'avaient confiée les dieux.

Je sentais mon esprit s'enfoncer toujours plus profondément. La vouivre continuait à vider mon corps de sa substance, mais je n'avais pas peur de mourir, un autre chevalier prendrait la relève après moi, et il serait celui qui terminerait les aventures, que j'avais commencées.

L'eau brunâtre était passée par-dessus ma tête mais je continuai mon étreinte. J'en avais perdu la notion du temps. Mes yeux s'étaient fermés ou était-ce la noirceur des eaux du marais qui me faisait plonger dans l'obscurité des ténèbres ?

Mes poumons me faisaient terriblement souffrir. Je commençai à expirer l'air vicié et je ne savais plus très bien si j'étais encore vivant. Tout à coup j'aperçus au loin une lumière éblouissante. Était-ce l'au-delà qui me tendait les bras ? Mon esprit était totalement confus, je ne pouvais plus réfléchir. Je commençai à étouffer, mais je sentis encore la vouivre serrée contre moi. Je me raccrochais à je ne sais quoi. Il me semblait que mon corps était chaud, mais je sentais en même temps cette eau me submerger tel un radeau dans la tempête.

## La résurrection

Depuis combien de temps étais-je dans ce lit ? Quelle était cette chambre si richement décorée ? Avais-je simplement rêvé tout cela, la vouivre, les eaux épaisses du marais et mon combat pour survivre ?

Je voulus me lever, mais un terrible mal de tête et une forte fièvre me rappelèrent à l'ordre. Des tremblements me parcouraient le corps et mon front ruisselait de gouttes de sueur. Je m'enfonçai dans les édredons moelleux. La chambre se mit à tourner, les meubles dansaient autour de moi et jouaient à cache-cache avec les tentures. La lumière des grands chandeliers tremblotait, à moins que ce ne fussent mes yeux qui me jouassent des tours. J'avais de plus en plus froid, je pouvais presque sentir mon sang se figer dans mes veines. Mes membres pesaient des tonnes. La raison me quittait, le noir m'envahit et je m'évanouis de nouveau.

Dans mon égarement, j'entendis une voix implorante me répéter toujours le même refrain :

- « Gwynn, brave et preux chevalier d'Aberffraw, venez à mon secours. Je suis la princesse de Galigan. »

Quand ce n'était pas cette voix, j'entendais celle d'Esras qui essayait de me faire reprendre connaissance. Mes yeux refusaient de s'ouvrir et je sentais mon corps combattre la fièvre. J'avais beau hurler, appeler Macha de toute mes forces, personne ne m'entendait ni ne me répondait. J'étais prisonnier de mon enveloppe charnelle. Et toujours cette maudite voix, qui demandait que je lui porte secours.

- Arrêtez de me tourmenter ! Je ne vous connais pas !
- Gwynn d'Aberffraw, preux chevalier, aidez-moi, je suis la fille du seigneur Lampart de Galigan.
- Mais qui est ce seigneur Lampart de Galigan ? demandai-je agacé. Je n'en ai jamais entendu parler.
- Il s'agit de mon père qui règne sur les terres et le château de Galigan.
- Mais où se trouve son domaine que je ne connais point ?
- Il est coincé au sud par la forêt du Mal-pas et au nord par la montagne des Ombres, à l'ouest par l'océan et à l'est par les Terres Désertes.

D'un coup, d'un seul, la voix de la princesse disparut. Il n'y eut plus que les ténèbres autour de moi et mon corps qui luttait de toutes ses forces contre cette maudite fièvre. Ma tête semblait à la limite d'exploser. Esras, où êtes-vous ? Où sont les dieux ? Tous, ils m'ont tous abandonné à mon triste sort. J'étais sur cet esquif qui me donnait le mal de mer.

Les vagues semblaient vouloir le submerger à chaque instant. Des quantités d'eau venaient s'écraser sur mon corps. Mes cheveux n'étaient plus qu'un crin dégoulinant qui se collait à mes joues et sur mon dos. Je me battais encore contre les éléments, mais pour combien de temps ? Est-ce que ma dernière heure allait bientôt arriver ? Où étaient Adrian, Morvac'h et Pervenche ? Personne pour répondre à toutes ces questions qui me tourmentaient et qui tournaient dans mon esprit. Et toujours cette voix, qui me répétait en boucle les mêmes choses. Je n'en pouvais plus de l'entendre ainsi à longueur de journée. Je maudissais cette voix. Je maudissais les dieux et les druides primitifs… Je les maudissais tous. « Laissez-moi mourir ». Par moment, j'avais l'impression de survoler mon corps. Le spectacle que je contemplais me bouleversait. Comment avais-je pu me retrouver dans un tel état d'épuisement ? J'avais dû perdre vingt kilos. Mes cheveux avaient poussé. Mon visage était émacié, mon corps décharné. Mes jambes étaient devenues si frêles qu'elles ne pouvaient même pas soutenir ce corps pourtant si amaigri. Mes bras étaient incapables de soulever une épée de combat. Je n'étais plus que l'ombre de moi-même.

J'avais l'impression de m'envoler vers l'au-delà, de quitter cette terre où plus personne ne se souciait de moi. Les dieux me rappelaient-ils à eux ? Pourtant je me sentais bien, l'air que je respirais sentait bon la lavande. Mon corps semblait s'être réchauffé, et mes jambes ne me faisaient plus mal. La brise qui sifflait dans mes oreilles me parlait mais je ne comprenais pas ce qu'elle disait. J'avais l'impression de baigner dans un liquide chaud. Par moment, il me semblait entendre un bouillonnement. Je pouvais sentir et toucher les rebords de quelque chose autour de moi. Mes yeux restaient clos, je n'arrivais pas à les ouvrir.

Vivant, mort, comateux, dans un rêve ou dans les cieux, il m'en faudrait plus pour être belliqueux.

Je sentais des mains parcourir mon corps éponger mon front avec des linges humides. Je n'avais plus le moindre repère dans l'espace. Etais-je debout, assis, couché, la tête en haut ou en bas ? j'aurais tant voulu retrouver mes esprits pour revoir mes amis. Retrouver ma mule, mon cheval et mon milan, mais comment s'appelaient-ils déjà ? Où étaient-ils ? Je ne savais même plus d'où je venais, ni qui j'étais.

- « Bliobéris, venez vite, il a commencé à parler dans son tourment.

Le druide accourut et constata :

- Le bain de jouvence qu'il prend dans le Chaudron magique de Dagda fait sans doute effet.
- Combien de temps devra-t-il encore rester dans le chaudron ? Demanda Macha, inquiète.
- Je ne saurais le dire exactement, cela dépendra de lui, mais regardez, comme son corps reprend vie. Regardez ses muscles rouler sous sa peau.
- Il est vrai que ses épaules sont de nouveau larges et bien rondes.
- Macha, s'il vous plait, donnez-lui encore de cette décoction de buis, de chêne, de sang de cerf et de graisse d'ours.

- Je vais essayer, mais il en recrache beaucoup…
- Ajoutez-y du miel, pour adoucir le goût et espérons qu'il l'avalera plus facilement ainsi. Surtout n'hésitez pas à lui parler.
- Croyez-vous qu'il se souviendra de quelque chose ?
- Ne vous inquiétez pas, lorsqu'il sortira du chaudron magique de Dagda, il aura retrouvé toute sa lucidité, ses capacités physiques, et il se souviendra de toutes les épreuves passées.
- Mais… sera-t-il toujours le même ?
- Pourquoi dites-vous cela ? demanda Bliobéris
- C'est juste que … regardez comme son corps se métamorphose et devient puissant.

- Balivernes, sornettes et inepties. Que dites-vous là Macha ?
- Et bien pour l'avoir lavé juste avant son combat contre Brun sans pitié, je puis vous assurer que ce n'est plus le même homme.
- Allons ma chère vous vous trompez ! Ce n'est pas possible, vos souvenirs vous font sans doute défaut.
- Je ne vous permets pas Bliobéris, répondit Macha, irritée.
- Vous ne le regardez pas avec les yeux de la fée que vous êtes, mais avec le regard d'une mortelle. Vous savez très bien que l'enveloppe de ce garçon ne peut être modifiée que par les dieux. Nous n'en avons pas le pouvoir.
- Croyez-vous alors que le chaudron magique en soit capable ?

- Je sais ce que ce chaudron peut accomplir. Il ramène les morts à la vie, est capable de nourrir une armée entière pendant plusieurs jours et donne accès à la connaissance universelle, mais je ne lui connais pas le pouvoir de métamorphoser l'enveloppe charnelle d'un mortel ».

Le ciel s'obscurcit tout à coup et fut parcouru par un gigantesque éclair accompagné du grondement sourd du tonnerre et de vents tempétueux.

Une boule de feu apparut dans les airs et descendit droit vers le chaudron à une vitesse inimaginable. Elle se mit alors à tourner de plus en plus vite tout autour la faisant vaciller sur son socle, sans la renverser. La lumière qui en émanait était aveuglante.

En l'espace d'un instant, tout redevint normal. Le ciel reprit sa belle couleur et le vent cessa. Un silence presque inquiétant s'était installé. Bliobéris et Macha se regardèrent incrédules, comme stupéfaits par ce qu'ils venaient de voir. Venant rompre le calme apparent, le chaudron se mit à bouger et un hurlement se fit entendre.

- Haaaaaaa !!! Où suis-je ? Qu'est-ce que je fais là-dedans ?

Je venais de reprendre connaissance et me dressai, nu comme au premier jour de ma vie, le corps recouvert d'un mélange rougeâtre.

Je sautai hors du chaudron et retombait lourdement au sol, sans force. Je regardai autour de moi et vis Macha. Ma première envie fut de courir vers elle, mais au moment où j'arrivai pour l'enlacer, elle disparut et je tombai à genoux en l'appelant. A sa place, une gente damoiselle se tenait debout, immobile. A ses côtés, Bliobéris me regardait avec un petit sourire au coin des lèvres.

- « Ne te fie pas aux apparences Gwynn, elles sont parfois trompeuses.
- Mais… ? Où suis-je ? Que m'est-il arrivé ? demandai-je complétement perdu.
- Tu es encore faible il y a bien des semaines que tu n'as rien mangé de consistant et que ton sommeil est agité.
- Comment est-ce possible ? Je ne comprends pas …
- La princesse de Galigan et moi-même avons veillé sur toi depuis trois longues lunes.

Je me relevai péniblement. Bliobéris vint à ma rescousse, car mes jambes étaient encore trop faibles pour me soutenir. « Il faudrait penser à le rhabiller. »

- Mes respects gente damoiselle. Est-ce donc vous qui m'appeliez pour que je vous sauve ?

- En effet, valeureux chevalier et je puis vous assurer que vous avez parfaitement accompli votre mission, me dit-elle avec un charmant sourire.
- Mais de quoi étiez-vous inquiète ?
- Vous ne vous souvenez vraiment de rien ?
- La dernière chose qui me revienne à l'esprit, c'est l'image d'horribles corbeaux aux serres d'aigles et à la tête de fouine. Mais je suis si fatigué…
- Bien sûr, allons au château où vos appartements vous attendent. Vous pourrez vous y reposer tranquillement et nous reparlerons de tout cela plus tard.

J'étais choyé comme un prince ! Lorsque je découvris mes appartements, je n'en revenais pas. À elle seule, l'antichambre était plus grande que les souvenirs que j'avais de l'échoppe de mon père. Elle donnait sur une salle richement décorée de tentures, de tapis et de meubles de belle facture. Plusieurs arches bancs étaient disposés de part et d'autre d'une table pouvant bien accueillir au moins vingt personnes. Au plafond pendait un lustre en fer forgé portant des dizaines de bougies qui diffusaient une lumière douce. Au fond de la pièce, une cheminée monumentale occupait tout un pan de mur. Dans l'âtre, une crémaillère de bronze supportait une énorme marmite en fonte suspendue au-dessus d'un feu vif. En arrivant près de la table, je découvris sur ma droite une porte et j'aperçus par l'entrebâillement un immense lit recouvert de peaux de bêtes qui n'attendait plus que moi. Bliobéris qui me tenait toujours par le bras m'y conduisit. Les baldaquins laissaient descendre des tentures de lin et de soie richement décorées, avec des fils d'or et des arabesques en fine dentelle. Je m'allongeai tandis que la princesse installait d'énormes oreillers en duvet de canard sous ma tête. La fragrance de son parfum m'enivra et m'enfonçant dans le lit douillet, je sombrai rapidement dans les bras de Morphée. Dans mon sommeil, je reconnus une voix. C'était celle d'Esras qui était toujours là, à mes côtés.

- « Gwynn, je te suis depuis le premier jour de ton aventure. J'ai veillé sur toi à la demande des dieux.
- Que s'est-il passé ? Pourquoi suis-je ici ?
- Te rappelles-tu le combat avec Wyverne la vouivre ?
- Je n'en ai que de très vagues souvenirs, maintenant que vous m'en parlez. Il me semble

qu'elle m'a entrainé vers le fond d'un marais.

- Effectivement. La lutte avec cette créature t'a entrainé dans les eaux troubles du marais de la forêt de Mal-pas.
- Mais comment en suis-je ressorti vivant ?
- Tu as suivi mon conseil…
- Oui, je m'en souviens. Vous me disiez de l'embrasser alors que mes poumons me faisaient terriblement souffrir. Ils étaient prêt à exploser, mais je vous ai fait confiance. Cette langue fourchue et râpeuse, j'en ai encore des frissons. Je devais aussi résister à une profonde envie de vomir. Nos langues s'unirent dans un baiser qui devint de plus en plus passionné. J'avais beau l'embrasser de plus en plus fougueusement, elle continuait malgré tout à s'enfoncer dans les eaux du marécage. Et puis,

elle s'est transformée, se rétractant petit à petit, avant de devenir douce et agréable. Après ça, plus rien. Le trou noir absolu.

- Bien… bien, tes souvenirs sont intacts.
- Mais qui est donc cette princesse de Galigan et pourquoi demandait-elle de la sauver ?
- Elle était Wyverne.
- Comment ? C'était elle la vouivre ? demandai-je, sous le choc.
- Elle était sous le coup d'un envoûtement qui l'avait transformée en cette bête, mi-femme mi- serpent.
- Mais alors, elle a voulu me tuer ?
- Effectivement, mais en l'embrassant, tu as mis fin à son ensorcellement.
- Mais j'ai failli mourir !
- Un bien grand mot…

- Je sais ce que je dis, je suis passé à deux doigts de la mort !
- Je vais te laisser te reposer. Demain sera un autre jour et nous aurons le temps d'en parler.

Je sombrai dans un profond sommeil réparateur qui dura près de vingt heures.

## La damoiselle de Galigan

Le jour se levait sur les terres du seigneur Lampart de Galigan. Dans le lointain, un coq s'en donnait à tue-tête pour annoncer l'aube naissante. Dans la chambre, mon ronflement emplissait l'espace et résonnait dans la grande pièce. Personne n'osait entrer dans cette chambre où j'avais repris connaissance, moi qui étais resté tant de jours, entre la vie et la mort.

Sur la place du marché, située en contrebas de ma fenêtre, les marchands installaient leurs étals parmi les troubadours, montreurs d'ours et autres cracheurs de feu. Les fruits aux couleurs chatoyantes côtoyaient des légumes, des venaisons ainsi que des pains et pâtisseries en tous genres. La place commençait doucement à prendre vie. Je pouvais voir les femmes aller d'étals en boutiques et en ressortir les bras chargés de paniers bien remplis. Les enfants en bas âge jouaient à cache-cache dans les jupes de leur mère ou sautaient à pieds-joints dans les flaques d'eau.

Je somnolais encore à moitié lorsque j'entendis la grande porte de mes appartements s'ouvrir dans un grincement strident, malgré tous les efforts de la personne qui tentait de la pousser en faisant le moins de bruit possible. Le moindre son était décuplé dans cette pièce aussi haute qu'une chapelle. Le bruit léger du pas sur les tomettes de terre cuite passait ici pour le martellement d'une cavalcade. Curieux, je ne bougeais pas et faisais semblant de dormir. Je sentis d'abord un doux parfum prendre possession de mes sens, puis un linge chaud et humide que l'on me posa sur le front. Le doux tissu descendit sur mes joues, puis humecta mes lèvres dans un mouvement de caresse. Je n'osai toujours pas ouvrir les yeux. Le contact du linge s'arrêta. J'entendais le bruit du linge que l'on plonge plusieurs fois dans l'eau et que l'on essore. Puis de nouveau la douceur du linge nettoyant délicatement ma peau. La sensation était tellement agréable que je me laissais faire sans bouger. On avait ouvert ma chemise qui dévoilait ainsi mon torse sculpté, par les combats et les joutes. Je devinai son regard caressant mon corps en suivant les contours de mes muscles, mais je n'osai pas encore la regarder. Qui était cette femme ? Pourquoi prenait-elle soin de moi ?

Après quelques minutes, elle se retira comme elle était entrée, sans un mot. Uniquement ses gestes délicats et attentionnés. La timidité m'avait empêché d'ouvrir les yeux.

Etait-ce la princesse de Galigan qui s'occupait ainsi de moi ou bien une simple servante ? La finesse de ces gestes ne correspondait pas à ceux d'une simple soubrette. Quant à la fragrance de son parfum, elle indiquait la richesse d'une personne de la noblesse.

J'ouvris enfin les yeux et regardai autour de moi. Le lit dans lequel je me prélassais ressemblait à un îlot perdu au milieu des eaux. Les baldaquins s'élançaient vers la voûte du plafond qui semblait inaccessible. Je m'étirai sans que mes pieds ou mes mains n'atteignent les bords du lit. Je me tournai et m'assis sur le rebord. Mes pieds touchèrent le sol dont la fraîcheur me procura une agréable sensation. Je me levai et ôtai ma longue chemise pour prendre un bon bain. Je me laissai descendre doucement dans le baquet d'eau chaude, reposai ma tête sur le rebord de celui-ci et fermai les yeux en me laissant aller. Lorsque je les ouvris à nouveau, je n'étais plus seul. En face de moi se trouvait une femme d'une beauté enivrante. Sa longue chevelure blonde sertissait son visage d'un écrin d'or et descendait en cascade le long de ses épaules en recouvrant une opulente poitrine. Je sentis le rouge me monter aux joues.

Deux servantes entrèrent dans la pièce et vidèrent de grandes jarres d'eau chaude dans le baquet, puis l'une d'elle prit une petite jarre pas plus longue qu'une dague, mais aussi large qu'une main et en vida le contenu dans l'eau. Les huiles essentielles dégagèrent une senteur généreuse et grisante qui emplit immédiatement la pièce. Les deux femmes se retirèrent ensuite par une porte dérobée, derrière une tenture murale, nous laissant tous les deux seuls, dans la plus grande intimité.

La damoiselle était différente de toutes celles que j'avais connues jusqu'à ce jour, mais plus je la regardais et plus son visage me rappelait celui... - je n'en croyais pas mes yeux - oui, c'était bien... Wyverne la vouivre. Elle avait perdu son museau de fouine et sa queue de serpent, quant à son regard, il était doux comme de la soie. Mais, ma pudeur et mon amour pour Macha ne m'autorisaient pas à prendre un bain avec une damoiselle, fût-elle une princesse. Je me levai pour sortir de l'eau, lorsqu'elle me dit :

- Allons preux chevalier, vous n'allez pas vous enfuir en laissant ainsi une damoiselle.
- Mais vous êtes une vouivre et non une damoiselle.
- Détrompez-vous, en m'embrassant à la demande de Morfesa vous m'avez délivrée de l'ensorcellement que m'avait lancé la terrible sorcière de la forêt du Mal-pas.

Ma respiration s'étant calmée, je me laissai redescendre dans l'eau.

- Mais pourquoi vous avoir jeté ce terrible sort ?
- Pour punir mon père, le seigneur de Galigan qui l'avait chassée du château après la mort de ma mère.
- C'est injuste, vous n'y étiez pour rien ! Est-ce vous qui vous êtes occupée de moi depuis tout ce temps ?
- Je vous soigne depuis votre dernier baiser, chaque jour avec l'espoir de vous voir reprendre connaissance.
- Je vous serai éternellement redevable, comment puis-je vous dédommager de tout le temps passé à prendre soin de moi ?
- Je ne vous le demande pas mon beau chevalier, c'est moi qui vous dois beaucoup. Vous m'avez rendu la vie.

Tout en parlant nous nous étions rapprochés l'un de l'autre. Nos mains s'effleuraient délicatement et je découvrais enfin toute la finesse de ses traits. Ses yeux d'un bleu étincelant et son sourire aux lèvres pulpeuses d'un rouge éclatant étaient sublimés par l'ondulation de sa chevelure aux éclats d'or. Son visage angélique scintillait de mille feux. J'étais sous le charme de cette beauté nordique.

Les servantes étaient déjà revenues plusieurs fois pour renouveler l'eau chaude de notre bain et y remettre des huiles essentielles. Nous continuions à parler de choses et d'autres lorsque plusieurs domestiques entrèrent pour déposer des plateaux chargés de mets plus fins les uns que les autres sans oublier des jarres d'hydromel. On me servit une timbale du subtil breuvage que je bus avidement pour me redonner des forces.

La princesse me demanda de me retourner pour sortir de l'eau et s'éponger. Après quelques instants, elle m'autorisa enfin à la regarder. Elle avait revêtu une tunique d'un beau rouge lie de vin qui mettait en valeur sa peau, aussi blanche que le lait. Son corps, aux formes généreuses, était magnifiquement rehaussé par cette tunique parfaitement ajustée.

Le spectacle qui s'offrait à moi, me subjuguait. Comment un être pouvait-il posséder une telle beauté, autant de grâce ? Était-ce un tour des dieux. J'avais l'impression de rêver tout éveillé.

Nous allâmes nous asseoir à table, face à face. Mes yeux étaient comme aimantés par son regard dans lequel je plongeai comme l'on plonge dans la mer. J'avais l'impression de la découvrir au plus profond de son être. Tout ce qui se passait autour de nous n'avait plus d'importance. Je la sentais essayer de prendre possession de mon esprit. Allais-je la laisser pénétrer mes pensées ou bien simplement voir ce qu'elle attendait de moi ? J'étais partagé, car mon cœur était résolument acquis à Macha.

- À quoi pensez-vous Gwynn ?
- Je… je ne pensais à rien, j'admirais simplement le bleu magnifique de vos yeux.
- Allons, vous allez me faire rougir.
- Loin de moi cette idée, princesse.

Nous partagions le pain et le fromage, lorsque la porte s'ouvrit sur un homme de haute stature. Que dis-je un seigneur, le seigneur Lampart de Galigan. Ses épaules aussi larges que celles d'un taureau le rendaient impressionnant. Il avançait vers moi d'une démarche assurée. Ses cheveux longs étaient aussi noirs que ceux de sa fille étaient blonds, mais tous deux avaient les mêmes yeux. Son visage était garni d'une barbe parfaitement taillée qui cachait un cou puissant. Sur ses épaules, une longue pelisse en peau de loup était fermée sur la poitrine, par une broche à trois piques. Ses avant-bras étaient gainés par un bracelet en cuir d'une bonne quinzaine de centimètres de large agrémenté de pièces de fer. Je remarquai autour de sa taille, une large ceinture de cuir qui lui scindait le corps. À celle-ci était suspendue une épée à deux mains, magnifiquement ornée, d'un côté ; et de l'autre, une hache à double lame. Seul un homme à la musculature puissante était capable d'utiliser ce genre d'armes. Plus il approchait et plus j'étais impressionné par sa taille. Il devait bien approcher les six pieds et trois pouces de haut. De grandes bottes remontant jusqu'à ses genoux allongeaient considérablement ses jambes.

Lorsque sa main puissante s'écrasa sur mon épaule je faillis m'effondrer sur la table. De sa voix caverneuse, il me dit :

- « Alors mon brave chevalier, tu as enfin repris tes esprits ?

- Père, enfin, il est encore convalescent, s'exclama la princesse.
- Allons jeune fille, je sais distinguer un homme en pleine possession de ses moyens d'un mourant, ha ha ha !!!
- Père ne parlez pas ainsi…
- Allons, allons, dès demain, nous irons à cheval visiter les richesses de ma contrée. Qu'en pensez-vous ?
- Un peu d'exercice me fera le plus grand bien, seigneur.
- Que voilà des paroles sensées ! Vous voyez ma fille, il est remis de ses peines.
- Mais père…
- En voilà assez, ma décision est prise. Alors à demain chevalier d'Aberffraw. »

Il ressortit de la pièce avec la même prestance qu'il avait en entrant, son pas puissant faisant trembler les tomettes. La porte se referma derrière lui dans un claquement assourdissant.

- « Père ne supporte pas qu'on lui refuse quoi que ce soit, s'excusa la princesse.
- Ce tour des terres de votre père ne pourra que me faire du bien. Je me sens capable de monter à cheval.
- En êtes-vous sûr ? Il ne serait pas bon de rechuter après ce que vous avez vécu.
- Ne vous inquiétez pas gente damoiselle, je vous promets d'être prudent.

Il connaissait mon nom et savait qu'une promenade à cheval n'était pas faite pour me déplaire, mais pour l'instant je n'y prêtai guère attention, troublé que j'étais par l'enivrante beauté de la princesse. Je commençai à perdre pied lorsque Bliobéris et Macha entrèrent dans la pièce, pour partager avec moi des retrouvailles bien méritées. Ce n'est que fort tard dans la nuit que nous nous quittâmes.

Le chant du coq venait de retentir, lorsque je me dirigeai vers la porte monumentale de mes appartements. Au passage j'attrapai une cuisse de poulet et une tranche de pain noir que j'avalai, avant de me rendre aux écuries.

## La montagne des ombres

En entrant dans l'écurie, je retrouvai enfin mes chers amis. Morvac'h m'attendait impatient.

- « Alors mon beau, tu as l'air en pleine santé ? lui dis-je.
- Enfin vous revoilà Gwynn, nous avons eu très peur pour vous. »

Je caressai longuement son encolure et posai ma tête contre sa joue en respirant profondément sa bonne odeur de paille fraîche.

Puis me retournant vers Pervenche, ma fidèle mule :

- « Alors vieille bourrique, comment vas-tu ?
- Je vois que vous avez retrouvé votre humour habituel Gwynn…grrr…
- Allez, fais pas ta tête de mule, viens là que je te gratte entre les oreilles. »

Je cherchai Adrian du regard, mais je ne parvins pas à le trouver. Je sortis de l'écurie et regardai dans le ciel. J'y vis un point lancé à grande vitesse qui plongeait vers moi. Je reconnus son plumage et, son cri. Écartant ses ailes pour ralentir, il vint se poser délicatement sur mon épaule.

- « Ah, tu es là aussi mon ami, me voilà rassuré.
- Où vouliez-vous que je sois ? Je ne pouvais pas laisser Morvac'h et Pervenche seuls, ils auraient fini par se crêper le chignon.

- Je te reconnais bien là, mon brave Adrian. Toujours prêt à aider tes amis ! Merci à tous les trois d'être présents à mes côtés. »

D'ici quelques jours, si mon état de santé me le permet, nous commencerons notre voyage de retour. Je suppose que vous êtes aussi impatients que moi de retrouver notre petite ville d'Aberffraw.

Je venais tout juste de finir de seller Morvac'h quand le seigneur de Galigan arriva, monté sur un fier destrier blanc. Il avait le port altier des hommes de pouvoir. De ses larges épaules et de son cou puissant, se dégageait une impression d'invincibilité que je lui enviai.

- « Alors chevalier, prêt pour une promenade sur mes terres ?
- Avec plaisir mon seigneur. Je finissais d'apprêter ma monture.

- Parfait, alors en selle et mettons-nous en route dès à présent.

Il prit les devants sans attendre plus longtemps. Les choses étaient plus difficiles pour moi, je devais retrouver mes marques. Morvac'h avait beau essayer d'adapter son pas et d'être le plus doux possible, j'avais la désagréable impression de ressembler à un de ces jeunots qui monte pour la première fois. À force de me faire maltraiter par ma monture je repris finalement mes habitudes et bientôt nous allâmes bon train. Le rythme s'accéléra encore et je commençai à retrouver d'agréables sensations lorsque je finis par rattraper le seigneur de Galigan, au détour d'un chemin qui avançait en zigzagant à travers la forêt. Je retrouvai des senteurs familières. Par endroit des trouées laissaient apparaître une clairière à l'herbe d'un vert tendre et printanier. Nous rencontrâmes de nombreux animaux au cours de cette longue promenade, mais pas un seul être humain, si ce n'est une espèce de vieil homme qui s'enfuit en nous voyant arriver. Le seigneur Lampart de Galigan me dit qu'il s'appelait Blaise. Je devais le rencontrer bien des années plus tard, lorsque j'accompagnai Merlin l'enchanteur dans son voyage pour trouver les pierres du caveau d'Uther Pendragon. Mais cela est une autre histoire…

Le soleil était haut dans le ciel et mon estomac commençait à crier famine. Cela ne semblait pas déranger mon guide, bien trop absorbé à me montrer les plus beaux endroits de son fief. La forêt semblait se refermer derrière nous. Le seigneur de Galigan avait pris un air soucieux et avait cessé de parler, tous ses sens semblant aux aguets. Ce n'était pas une illusion : en me retournant je pus constater que le chemin que nous venions d'emprunter disparaissait au fur et à mesure que nous avancions. Un peu effrayé, je décidai de faire part de mes craintes à mon hôte :

- « Seigneur Lampart, quelle est cette étrange forêt que nous traversons ?
- Nous sommes au début de la forêt de la montagne des ombres et nous devons impérativement en sortir avant la nuit.
- Mais pourquoi cela ? Nous n'avons qu'à rebrousser chemin.
- C'est impossible ! N'avez-vous pas remarqué que les arbres se referment sur notre passage.
- Si, en effet. Mais alors pourquoi m'avez-vous amené ici ?
- Vous souhaitez bien vous rendre sur l'île de Findias ?
- Oui, mais je n'ai ni ma mule ni mon faucon. Ils sont restés au château avec tous mes biens.

- Ne vous souciez pas de tout cela mon cher.

Je ne comprenais vraiment pas où il voulait m'emmener. Quelles étaient ses intentions ? Bien sûr, je devais gagner l'île de Findias, mais je ne pouvais pas quitter ainsi la princesse de Galigan et encore moins abandonner Pervenche et Adrian, ni les objets magiques que j'avais eu tant de peine à récupérer. Il me fallait retourner au château. Cependant, je ne pouvais que continuer d'avancer sur ce chemin à sens unique qui me menait vers l'inconnu. J'essayai d'en savoir plus :

- « Seigneur de Galigan, sommes-nous bientôt arrivés de l'autre côté de la forêt ?
- Non, et il nous faut accélérer le pas, si nous ne voulons pas subir de terribles dommages.
- Vous m'inquiétez. De quoi ressort-il ?
- Au crépuscule, les ombres des morts qui attendent la nuit de

Samain rôdent dans ces bois et se jettent sur tous les êtres vivants qui s'y seraient égarés. On raconte que vous devenez alors une ombre parmi les âmes en peine.

- La forêt est donc hantée ?
- Disons qu'elle renferme en son sein toutes les âmes en peine qui attendent de passer dans le royaume des morts pour retrouver ainsi leurs ancêtres.
- Si je comprends bien, les morts de l'année attendent tous les soirs pour sortir et errer dans la forêt jusqu'au matin ?
- Vous avez bien compris. Et ils ont besoin de se nourrir… sauf que le gibier se fait de plus en plus rare.
- Mais alors que mangent-ils ?
- Les malheureux qui se sont aventurés dans cette maudite forêt après la fin du jour. »

Ces quelques explications suffirent à me hérisser le poil. Par moment, il me semblait apercevoir des ombres derrière moi ou cachées à l'abri des troncs. Morvac'h paraissait lui aussi mal à l'aise, mais il n'osait pas me parler en présence d'un autre homme. Un seigneur était-il capable de comprendre les animaux ? Je ne me serais pas permis de lui poser la question, par peur qu'il me prenne pour un simple d'esprit, pour un fou. À moins simplement qu'il n'éclate de rire ? Le crépuscule n'était plus loin. La forêt devenait de plus en plus sombre. Instinctivement, nous avions augmenté autant que possible l'allure. Alors que la sortie de la forêt semblait se rapprocher une chose étrange se produisit. Le vent se leva en un violent tourbillon, que dis-je, une immense tornade, qui commença par aspirer une première ombre, puis une seconde et enfin des dizaines. Plus elle en aspirait et plus elle s'assombrissait, alors que, dans le même temps, la forêt regagnait en clarté. Nous galopions toujours, mais le chemin ne se refermait plus derrière nous. Le vent s'arrêta aussi vite qu'il avait commencé et le chant des oiseaux reprit. La forêt laissa place à une belle prairie, au bout de laquelle se trouvait un pont de bois et de pierre. Les dieux s'adressèrent à moi, par l'intermédiaire d'Esras :

- « Oui Gwynn, c'est une intervention divine qui te sauve d'un mauvais pas. Tu es leur champion…
- Mais …
- Ne te pose pas autant de questions, les dieux interviennent quand bon leur semble. »

Quelle ne fut pas ma surprise d'y retrouver, attendant là, sagement, Pervenche attelée à la carriole qui contenait tous mes biens. Dans le ciel, Adrian s'en donnait à cœur joie, dessinant des arabesques à la poursuite du moindre insecte.

A côté de la mule se tenait, assise sur un banc, la princesse de Galigan. Elle semblait converser avec quelqu'un que je ne parvenais pas à voir d'où j'étais.

Nous chevauchions au trot, côte à côte avec le seigneur Lampart. Le chemin qui nous restait à parcourir, pour atteindre le pont, fût avalé en rien de temps.

Dans le ciel, le soleil était au zénith. Pas un seul nuage ne venait tacher la toile bleu azur. Au loin, je ne savais pas si j'apercevais la mer ou un simple cours d'eau, la ligne d'horizon se perdait dans ce lit bleu sans limite. La forêt aux ombres inquiétantes était maintenant bien derrière nous. Mais où allait m'emmener ce pont ? Certainement vers l'île de Findias et son druide Uiscias.

La chose était entendue, le retour vers Aberffraw passait nécessairement par là.

## L'Auriculaire manquant

Depuis que je voyageais dans les îles au nord du monde j'avais appris à ne plus être surpris par les nouvelles découvertes, mais je restais tout de même sur mes gardes.

J'étais toujours méfiant lorsque Morvac'h s'engageait sur un pont, ou sur un chemin escarpé. Quant à Pervenche, elle n'avait pas le choix et suivait toujours sans rechigner. Finalement, le plus à l'aise dans ce genre de situation, c'était Adrian. Il était tranquillement en train de virevolter dans les airs et se moquait bien de savoir, ce qui se passait au-dessous de lui.

Nous marchions sur ce pont depuis déjà un certain temps, mais rien à l'horizon ne permettait de jauger la distance restant à parcourir d'ici à la terre ferme.

- « Ne te pose pas tant de questions, Gwynn. »

C'était Esras qui me parlait tranquillement à l'oreille, me faisant comme toujours sursauter.

- Tiens donc... Vous voilà enfin parmi nous. Il y avait bien longtemps que vous ne vous étiez pas manifesté.
- Je sais, mais sois certain que je suis toujours à tes côtés pour aborder de nouvelles aventures.
- Il n'y a bien que dans ce cas-là où daignez me parler.
- Certes, mais cette fois tu en auras bien besoin, crois-moi !
- Dites m'en plus ou allez-vous-en !

- Simplement pour trouver Uiscias et Claiomh Solais.
- Vous m'intriguez... qui sont-ils ?
- Uiscias est le quatrième et le dernier druide primordial qui te sera présenté. Quant à Claiomh Solais, c'est le glaive de lumière.
- Le glaive de lumière...
- Ecoute son histoire, ensuite tu y verras certainement plus clair :

« Tout commença par un beau matin d'été, à l'heure où le coq chante dans la basse-cours. Goibniou, le dieu forgeron était comme à l'accoutumé au travail de bonne heure dans sa forge où, tu le sais, il est en charge de la fabrication des armes magiques. On dit qu'il est capable de forger une épée ou un javelot à la perfection en seulement trois coups, grâce à son marteau magique.

Son frère Credne Cerd, dieu bronzier, l'accompagnait ce matin-là. Lug leur avait demandé de créer une épée pouvant trancher le fer et l'acier, d'empêcher quiconque de s'échapper et enfin que la moindre de ses blessures soit mortelle. Ses souhaits ne s'arrêtaient pas là. Il fallait que cette épée luise en permanence d'une lumière passant aux mille feux de l'arc-en-ciel au moment de frapper l'ennemi et que les corps ainsi foudroyés par son éclat se fendent en deux pour l'accueillir.

-   « Voilà qui n'est pas chose facile pensèrent les deux frères. Nous devrons faire appel aux Dames du Lac, car elles seules peuvent lui apporter cette lumière. Pour le reste, nous devrions nous en sortir. Alors au travail ! »

Credne Cerd s'était attelé à la préparation de l'alliage pour la coulée. Dans un creuset, il mélangea du minerai de fer, du charbon, de la chaux, et plusieurs autres métaux rares. Une fois le mélange chauffé à 1500°C, il le coula dans un moule. Puis, ce fut au tour de Goibniou de frapper de son marteau magique à trois reprises avec une force d'une rare violence. Il plongea enfin l'arme dans l'eau froide du ruisseau qui coulait à côté de la forge. L'épée était prête, mais il lui manquait cette lueur divine qu'exigeait le dieu Lug.

Nos deux forgerons se rendirent donc sur les bords du lac de Findias où ils rencontrèrent une des Dames qui leur conseilla de jeter l'épée dans les eaux. Goibniou attrapa l'arme par la poignée et la lança de toutes ses forces au milieu du lac. Elle semblait voler dans les airs, la poignée tournée vers les eaux, quand la main d'une fée jaillit de la surface du lac et s'en empara. L'épée descendit et ressortit trois fois des eaux translucides avant de disparaître. C'est alors que le soleil sembla descendre dans le lac qui s'illumina de mille feux.

Les heures avaient passé et nos deux forgerons se reposaient allongés sous un pommier, croquant à pleines dents ses fruits frais et juteux. Arriva alors sur la berge une embarcation de laquelle descendit une femme d'une grande beauté qui tenait l'épée.

- « Je vous confie CLAIOMH SOLAIS. Sa garde et son pommeau sont recouverts d'or. Sa fusée est couverte d'un gainage de trois cuirs, des plus résistants que nous ayons tressés à ce jour. Son double tranchant diffusera une lueur blanche dès qu'elle sortira de son étui et se transformera en arc-en-ciel au moment de frapper l'ennemi. Celui qui possèdera cette arme aura la force avec lui, mais il devra toujours la porter attachée à son côté gauche. Si sa lame venait à être brisée nous ne pourrions la réparer qu'une seule fois. Cette épée appartient aux Dames du Lac, elle est prêtée aux mortels par les Dieux, mais elle ne leur appartiendra jamais. Telle est notre volonté. Allez maintenant l'apporter à Nuada et qu'il en soit fait bon usage ».

La Dame du Lac avait regagné son monde. Les deux forgerons ne l'avaient même pas vu repartir sur son embarcation. C'est ainsi qu'ils se retrouvèrent en possession de l'épée que l'on connaîtra plus tard sous le nom d'Excalibur. »

- Mais alors, il ne me reste plus qu'à trouver l'épée et la rapporter à Aberffraw.
- Ce n'est peut-être pas aussi facile que tu le penses, Gwynn.
- Pourquoi ?
- Les mystères des Dieux sont impénétrables eux seuls savent pourquoi. Pour le moment, il te

faut poursuivre ton périple et trouver Uiscias.

-   Alors ne perdons pas une seule minute. En avant mes amis ! ».

C'est ainsi que nous commençâmes le long voyage vers l'île de Findias.

Il y avait maintenant plus de cinq jours, que nous nous étions engagés sur le pont et toujours pas la moindre terre en vue. De l'eau, rien que de l'eau à l'horizon. Nous avions beau regarder en tous sens, nous étions entièrement entourés par un océan de vagues et d'écume qui se confondait à l'infini avec le bleu du ciel. Depuis cinq jours, le soleil brillait de toute ses forces, sans nous accorder le moindre petit nuage. Je n'avais plus sur le dos, pour tout vêtement qu'une simple chemise longue en lin qui me protégeait des rayons ardents tant bien que mal. Adrian s'était réfugié dans la charrette que Pervenche tirait avec de plus en plus de peine. Il était là, posé sur la lance de Lug qui lui servait de perchoir. Quant à Morvac'h, sa peau noire captait encore plus la chaleur, ce qui le faisait terriblement souffrir. À ce stade, nous avions commencé à rationner l'eau et j'avais décidé de voyager uniquement de nuit afin de limiter les effets de la chaleur.

Esras ne s'était plus manifesté après son récit sur les origines d'Excalibur et je passais mes nuits à parler avec Morvac'h, Pervenche et Adrian. Nous nous remontions le moral les uns les autres, même si cela devenait de plus en plus dur. Dans la journée, nous passions le plus de temps possible à l'ombre d'une grande bâche que je fixais entre la carriole et le pont. Malgré cette chaleur accablante, nous nous efforcions à dormir le plus possible pour reprendre des forces et affronter la longue marche de nuit.

La chaleur, le manque d'eau et la faim nous rendaient irritables au possible. J'avais même fini par arrêter de compter les jours passés sur ce maudit pont, lorsqu'un matin, alors que nous allions tendre une énième fois notre bâche un semblant de terre s'esquissa enfin au loin. Cette nouvelle inespérée, nous fit retrouver des ressources que nous ne nous connaissions même pas. Le sourire était revenu sur mon visage et tout le monde parlait avec joie de ce que nous allions faire en posant le pied sur cette terre très attendue.

Morvac'h fut le premier à descendre du pont et à retrouver, par la même occasion, de la bonne herbe fraîche et verte pour brouter. Les embruns marins avaient laissé place à l'odeur des foins coupés et des fruits mûrs qui n'attendent plus qu'on les cueille délicatement.

Je me délectai d'abricots juteux et bien sucrés. J'avais le sentiment de revenir à la vie.

Repu, je m'allongeai adossé à l'abricotier et m'endormis du sommeil du juste. C'est Adrian qui me réveilla en me donnant de petits coups de bec.

- Quoi, comment ! Que se passe-t-il ?
- Réveille-toi Gwynn, il y a quelqu'un qui t'attend depuis un bon moment déjà.
- Heu… ah oui, bonjour. Je me présente, mon nom est Gwynn d'Aberffraw
- Oui, oui, je sais qui tu es… tes aventures m'ont été contées dans les moindres détails.
- Excusez-moi, mais à qui ai-je l'honneur ?
- Pardonne-moi, j'oublie toujours de me présenter. Je suis Uiscias, le druide.
- C'est un honneur de vous rencontrer enfin. Esras m'a déjà beaucoup parlé de vous.
- Ah ! ce pauvre Esras, j'ai appris sa mort, c'est terrible. Mais je sais aussi qu'il

t'accompagne comme porte-parole des Dieux.

- Oui, j'ai l'occasion de lui parler de temps à autre. C'était et c'est encore un être profondément bon qui me guide dans ma quête. Il n'est jamais avare de bons conseils.

- J'en suis heureux, si nous allions jusqu'à chez moi, tout en parlant, un repas chaud te fera le plus grand bien, mon jeune ami. Tu n'as plus que la peau sur les os ! Quant à vos compagnons, le clos autour de ma modeste demeure leur procurera l'herbe la plus revigorante qui soit sur cette île.

- Merci infiniment, il est vrai, qu'un repas chaud me fera le plus grand bien, depuis le temps que je n'ai pas mangé chaud.

- J'ai suivi ta traversée du pont, en regardant dans le puits des visions et je dois avouer que tu t'en es très bien sorti.

- Merci, mais je n'avais guère le choix.

- Et pourtant, tu n'es pas le premier à emprunter ce pont. Toutefois, personne avant toi n'était parvenu à le traverser jusqu'à la terre ferme.

- J'ai sans doute eu beaucoup de chance.

- Balivernes, la chance n'a pas son mot à dire là-dedans !

- Mais…

- Il n'y a pas de mais qui vaille. Entre donc et prends garde à la hauteur du plafond, tu risquerais de te fracasser le crâne ».

Il m'était déjà arrivé d'entrer dans des cabanes exiguës et sales, mais à cela s'ajoutait ici un grand désordre qui donnait tout son sens au mot capharnaüm. On trouvait de tout entassé dans les moindres recoins. Des livres, des parchemins, en passant par le reste d'un repas, du linge à même le sol, ou encore un pot de chambre qui n'avait pas été vidé. Heureusement le fumet d'un savoureux ragoût masquait les mauvaises odeurs.

Couché sur la table, au milieu de la petite pièce, un gros chat dormait en boule. Uiscias le poussa sans ménagement pour le faire descendre et la pauvre bête tomba en crachant, dans un feulement de contrariété. Il nettoya un bout de la table du revers de sa manche juste de quoi poser deux assiettes les gobelets d'étain, un pot d'hydromel, une miche de pain et un pichet d'une infâme piquette.

Je fis un peu de la place sur le banc pour m'y asseoir. Il me servit une assiette bien pleine sur laquelle je me jetai, affamé que j'étais. La cuillère dans une main, une énorme tranche de pain dans l'autre j'avalai plus que je ne mangeai vraiment au fil des assiettes, j'appris à apprécier cette fricassée et finalement l'infâme piquette se transforma en un petit vin qui se mariait bien avec. Quoi qu'il en soit, je préférai largement l'hydromel, que je bus avec avidité. Assis en face de moi et fumant, Uiscias me regardait avec un air amusé. Je pouvais voir la malice dans ses yeux. À mon tour, je prenais le temps de mieux examiner mon hôte, son visage buriné par le grand air et je n'arrivais pas à lui donner un âge. Ses cheveux hirsutes, poivre et sel, faisaient ressortir son teint hâlé. Je commençais à être rassasié, alors tout en buvant des petites gorgées d'hydromel, j'engageai la conversation.

- « Vous devez savoir pourquoi je suis là, après un si long voyage ?
- Bien sûr mon jeune ami, il te manque encore une des armes magiques des dieux.
- Oui, une épée.
- Et quelle épée ! À elle seule, elle a autant de puissance

qu'une armée de plusieurs
milliers d'hommes.

- Savez-vous où je pourrais la
trouver ?

- Elle viendra à toi, si tu es bien
celui qu'elle attend.

- Mais vous devez bien avoir
une idée, du lieu où elle se
trouve actuellement ?

- Je suis désolé, Gwynn. Je ne
peux pas t'en dire plus pour
l'instant. Sache que son aspect
peut être différent de ce à quoi
tu t'attends. Peut-être, aussi,
sera-t-elle accompagnée.

- Voilà encore bien des
mystères ! »

Il se leva en tapotant son brûle-
gueule dans la paume de sa main
gauche. Je constatai qu'il lui manquait,
à lui aussi, l'auriculaire. Je n'en
connaissais pas la signification. Il
faudra que je pose la question à Esras.

- Tu te demandes pourquoi je
n'ai pas de petit doigt ?

- Mais … Comment avez-vous deviné ?
- Oublierais-tu qui je suis ?
- Esras ne t'a donc pas prévenu que je pouvais lire dans tes pensées ».
- C'est un fait, dont il a dû omettre de me parler.
- Ne te tourmente pas plus mon jeune ami et écoute plutôt pourquoi il nous manque, à nous autres les druides primordiaux, un auriculaire. Pour nous rappeler que nous ne sommes que des demi-dieux, les dieux nous ont ôté, à tous, l'auriculaire de la main gauche. Celui qui aura la chance de mener à bien sa mission verra son doigt repousser et il deviendra un dieu à son tour. Nous attendons tous cela, mais combien d'entre nous y parviendront ? Mais revenons à nos affaires. Demain tu iras du côté du lac de Findias, peut-

être y trouveras-tu une aide précieuse pour la poursuite de ta quête. »

La nuit était tombée depuis bien longtemps et la petite lampe à huile diffusait une bien pâle lueur dans la pièce. Dans l'âtre ne subsistaient que quelques braises encore rougeoyantes. Fatigué j'allai me coucher, mais je ne parvins à m'endormir qu'au petit matin.

## L'épée de Nuada

Le jour venait à peine de se lever et déjà le coq chantait à tue-tête.

J'avais le plus grand mal à ouvrir les yeux, après cette nuit horrible où les minutes semblaient à des heures et les heures des jours.

Au cours de cette nuit agitée j'avais vu le glaive de lumière. Du moins était-ce une épée magnifique qui brillait de mille feux et semblait plus dure que les meilleurs aciers. Mais était-ce bien elle, la future Excalibur, ou s'agissait-il du songe d'une nuit d'été où, chaleur et l'hydromel ne font pas bon ménage ? Une chose était sûre, je ne pouvais pas quitter cette île sans l'avoir trouvée. Je remuerai ciel et terre s'il le faut, mais moi, Gwynn d'Aberffraw, je la ramènerai dans mon village.

Je descendais précautionneusement l'escalier élimé par le temps en veillant à poser délicatement le pied sur chaque marche. Toutes craquaient et la troisième faillit même céder sous mon poids. Après m'être fait peur, je finis quand même par arriver dans la pièce principale et me dirigeai à tâtons vers la porte d'entrée. Le rai de lumière entrait dans la pièce par l'unique fenêtre ne suffisait pas à l'éclairer convenablement. J'ouvris la porte doucement, mais un grincement sinistre se fit entendre.

Je me retrouvai dans la cour et je me dirigeai vers le puits. Je laissai défiler la corde dans mes mains jusqu'à ce que le seau touche l'eau à mi-puits. Je laissai l'eau le remplir ce qui eut pour effet de tendre la corde. Je donnai un peu de mou afin de bien remplir le seau de cette eau qui paraissait si fraîche et claire. Je tirai sur la corde pour remonter le récipient pour ma toilette. Une fois le seau sur la margelle, je l'attrapai à deux mains et en versai le contenu, dans une espèce de grand baquet allongé. Je trempai mes mains dedans et m'en aspergeai la figure et le torse. L'eau était bien fraîche. Je me lavai avec de la Saponaire.

Là-bas à l'est, le soleil continuait son ascension illuminant le ciel de ses premiers rayons. Je restai là, les bras ballants, à espérer un signe. La lumière commençait à effleurer le haut des collines verdoyantes qui culminait aux alentours quand soudain, un reflet m'éblouit tel un éclair. J'eus beau m'en détourner, l'éclat était tel que je ne pus l'éviter. C'était certainement le signe que j'attendais, enfin ! Ni une ni deux, je me précipitai à l'étable, sellai rapidement Morvac'h sans me soucier des politesses dues à mon hôte, je partis au galop en direction du reflet qui commençait à faiblir. J'entendis avec clarté une voix qui n'était pas celle d'Esras :

-   « Gwynn, va où la mer recouvre la porte de l'autre monde. Tu y découvriras une cavité creusée dans la roche. Alors tu suivras le chemin des roches violettes qui te mènera à l'épée légendaire. »

Sans me poser plus de question - je n'en avais guère le temps, je continuai ma course effrénée vers la lueur. Etait-ce vraiment le signe que j'attendais et fallait-il suivre cette direction ? Je ne le savais pas moi-même, mais je m'y précipitai aussi vite que possible. Le voyage semblait vouloir durer alors je ralentis ma monture et lui fis adopter un petit trot afin de la ménager. Ce fut le moment où Adrian nous rejoignit de son vol rapide et aérien. Il se posa sur le pommeau de la selle et se laissa transporter, simplement bercé, par le pas régulier de Morvac'h.

- « Dis-moi Adrian, plutôt que de te laisser aller, ne pourrais-tu t'envoler à la recherche de la porte de l'autre monde ?
- S'il le faut… mais pour cela, il faut me le demander gentiment.
- Quoi ? Tu plaisantes j'espère ?
- Est-ce que j'ai une tête à plaisanter ?
- Oui, lui répondis-je.
- Tu l'as voulu Gwynn, je ne bougerai pas de cette satanée selle tant que je n'aurai pas reçu d'excuses et une demande correcte de ta part.
- Dites-moi que je rêve… un faucon qui essaie de m'apprendre les bonnes manières !
- Il me semble que tu oublies facilement les bonnes manières, mon cher ami.
- Alors, si monsieur Adrian veux bien prendre son envol pour rechercher la porte de l'autre

monde, je lui en serais infiniment reconnaissant.

- Hum, voilà qui me convient bien mieux. »

Il s'envola et monta haut dans le ciel à la recherche de ce passage, pendant que je poursuivais mon chemin. J'étais malheureusement parti sans prendre une outre d'eau et la soif commençait à se faire sentir sous le soleil ardent de cette belle journée. Heureusement pour moi, je ne tardai pas à trouver, au détour du chemin, une petite source jaillissant entre les rochers et formant un ru qui serpentait entre de gros blocs de granite. Il ne me restait plus qu'à mettre pied à terre et me désaltérer de cette eau transparente et fraîche. Morvac'h profita lui aussi de cette pause pour s'abreuver.

Une fois désaltéré, je remontai en selle et laissai divaguer mes pensées. Mais ce relâchement était-il vraiment volontaire ? J'avais non seulement l'impression de perdre l'ouïe, mais aussi l'envie de galoper. Je me sentais profondément las. Mon corps s'engourdissait, je ne tenais pour ainsi dire plus en selle. Que m'arrivait-il ? Mes paupières devenaient lourdes.

Subitement Morvac'h se cabra et je tombai lourdement au sol. Ma tête heurta violemment la terre dure comme de la roche et je perdis connaissance.

Lorsque je revins à moi la nuit semblait tombée. J'étais allongé sur le dos, sans pouvoir bouger. Lorsque j'eus totalement retrouvé mes esprits la situation devint limpide. J'étais pieds et poings liés, les membres écartelés, sur une roue. La nuit n'était pas arrivée comme je l'avais tout d'abord cru. Je me trouvais en réalité dans une grotte que seules quelques petites lampes à huile éclairaient difficilement. J'avais beau essayer de regarder autour de moi, je ne voyais personne. Hormis ma respiration et le clapotis de l'eau s'écrasant sur les rochers, il n'y avait aucun bruit. Qui avait bien pu m'amener ici et m'attacher ainsi ? Depuis combien de temps avais-je perdu connaissance ? Où était Morvac'h ? Adrian avait-il vu ce qui c'était passé ? Toute ces questions et bien d'autres me traversaient l'esprit en boucle.

J'essayai de tirer sur mes liens, mais ils maintenaient solidement mes mains et mes pieds attachés à la roue. J'eus beau me débattre, j'arrivai seulement à me blesser les poignets et mes chevilles. Je ne voyais pas de moyen de m'en sortir. J'avais bien essayé d'appeler Esras, mais une nouvelle fois il avait disparu. Quant aux dieux eux-mêmes, cela faisait déjà bien longtemps que je n'avais plus de leurs nouvelles.

Soudain, une voix forte et caverneuse, amplifiée par les dimensions de la cavité, se fit entendre. Elle se transforma vite en un rire diabolique à la limite de la démence, qui paraissait se rapprocher dangereusement. Un son strident commença à se faire entendre, comme une lame frottée contre la pierre.

- « Mais qui êtes-vous à la fin ? » demandai-je en tentant de masquer mes craintes.

Pour seule réponse, le son devint encore plus fort et la jubilation plus marquée en ce rire démoniaque.

- Que me voulez-vous ? » repris-je

Le silence était revenu dans la grotte. J'entendais seulement mon souffle saccadé et le battement de mon cœur qui frappait dans mes tempes au risque de les faire exploser. Je me mis à crier, peut-être que quelqu'un finirait par m'entendre.

- « Hurle seulement preux chevalier, personne ne viendra à ton secours... hahaha !
- Mais qui êtes-vous ?
- Je suis Cernunnos, le gardien de la porte de l'autre monde.

Tu veux trouver l'épée de Nuada, c'est ça ?

- Qu'est-ce que cela a à voir avec vous ?

- Tu es bien agressif, en dépit de ta mauvaise posture. Mettons cela sur le compte de la peur.

- Pourquoi aurais-je peur de vous ?

- Et bien peut-être simplement parce que ta vie est entre mes mains et qu'aucun des druides primordiaux ne pourra venir te sauver ici.

- Je ne vous crois pas.

- C'est bien dommage… Finir ta vie ainsi, sur la Roue du Dagda.

- C'est impossible. La Roue du Dagda rend sourd celui qui l'entend, aveugle celui qui la voit et tue celui sur qui elle tombe.

- Je vois que tu connais son histoire, mais qui te l'a raconté ? »

J'avais beau chercher, j'étais incapable de lui dire qui m'avait raconté cette légende.

- Chercherais-tu à sauver quelqu'un ?
- Non, loin de moi cette idée... c'est juste que...
- Juste que quoi ?
- Et bien... comment dire ?
- Ma patience a des limites et je te déconseille d'en abuser !
- Lorsque j'ai parlé avec les dieux et, plus particulièrement avec Lug, on m'a raconté toutes les histoires se rapportant aux différents talismans des Tuhatha de Danann, parmi lesquels il y a la roue qui, avec la massue et l'épée de Nuada, sont les trois derniers talismans que je dois me procurer.
- Alors, dis-moi quels sont les pouvoirs de la Massue.

- Cette massue tue par un bout et ressuscite de l'autre. Elle peut écraser d'un coup neuf hommes et elle est si lourde qu'il faut huit hommes pour la porter.
- Es-tu certain de n'avoir rien oublié ?
- Et bien… Ah ! si ! la massue est montée sur des roues et son manche constitue le timon. Ainsi montée, elle ressemble à une carriole et n'est pas plus lourde qu'une plume. Un enfant pourrait la tirer seul.
- Et rien d'autre ?
- Si, Lug m'a dit que lorsque je rencontrerai Cernunnos, il faudrait lui délivrer ce message : « Si tu ne dévores pas Gwynn, tu reprendras ton apparence humaine. Tu ne

seras plus ce Cerbère terrifiant mais à nouveau l'homme bon et généreux que tu aurais toujours dû être ».

-   Bien, très bien. Il n'y a plus de doute possible, tu es l'élu des dieux. Je vais donc te libérer de tes liens. »

Il s'approcha de moi et je pus enfin le dévisager. Il avait des bois de cerf sur la tête et portait un torque richement orné autour du cou.

Je sentis les cordes se relâcher puis, il m'aida à me redresser. Soulagé, je pouvais maintenant le remercier.

-   Ne me remercie pas, tu as la vie sauve uniquement parce que les dieux ont choisi de t'épargner. »

Il se retourna et redressa la roue des Tuhatha de Danann. Quelle ne fut pas ma surprise de voir que la massue était en équilibre sur la roue et que Cernunnos la tirait sans difficulté. Il s'accroupit et alluma plusieurs lampes à huile pour mieux éclairer la caverne. Au sol, un linge de soie gris semblait recouvrir une croix. Lorsqu'il le retira, je découvris une merveilleuse épée qui tenait bien droite, figée dans un roc de granit mauve qui, lui servait de support. Il m'invita à la retirer de sa gangue de pierre. J'avançai lentement vers l'épée, pétrifié par les doutes. Et si je ne pouvais pas la retirer du rocher ? Que se passerait-il ? J'approchai mes mains de la garde et tentai de retirer l'épée de la pierre à la seule force de mes bras. J'eus l'impression que mes muscles allaient se rompre. Elle ne voulait pas sortir du granit. J'essayai une nouvelle fois. L'épée commença à pivoter très légèrement, puis à sortir doucement de la pierre. Son éclat devint de plus en plus éblouissant au fur et à mesure que je dégageai la lame du granit mauve. Elle illuminait désormais toute la grotte du sol au plafond. Je l'admirai quelques instants en savourant mon exploit, puis la mis dans son fourreau richement décoré. Il n'était pas seulement beau, mais possédait aussi des pouvoirs prodigieux notamment celui de protéger son porteur de toute mauvaise blessure et de pourfendre d'un seul coup vallons et collines.

Cernunnos reprit la parole.

- « Voici celle que tu es venu chercher sur cette île au nord du monde. N'oublie pas, tant que tu posséderas le fourreau tes ennemis ne pourront rien contre toi. Tu as effectué la première partie de ta quête, Gwynn d'Aberffraw. Tu es maintenant le détenteur et le protecteur des talismans des Tuhatha de Danann. Leur valeur est inestimable. Tu dois les protéger quoi qu'il arrive. Un jour prochain, un grand roi de la lignée des Pendragon te les demandera. Entre temps tu auras pris soin de les cacher pour qu'ils ne tombent pas entre de mauvaises mains. Pour les retrouver, il sera aidé par un enchanteur, certainement le plus grand d'entre tous, mais c'est une autre histoire. Va maintenant, retourne à Aberffraw, mais n'oublie jamais qu'où que tu sois les dieux veillent sur leurs biens. Si tu devais ne plus en être digne, ils enverraient l'un des leurs pour te les reprendre. »

Ainsi averti, je retrouvai l'air libre et je m'éloignai de la porte de l'autre monde en tirant la roue, la massue et l'épée. Je me retournai, Cernunnos était redevenu un homme. Après quelques lieues, je retrouvai Morvac'h qui trottait dans ma direction, accompagné d'Adrian perché sur le pommeau de la selle comme pour me narguer.

Je regagnai la maison d'Uiscias avec mes amis, ultime étape avant mon voyage de retour à Aberffraw. J'étais en train de charger tous les talismans de la tribu de Danann sur ma charrette lorsqu'Uiscias entra dans la grange où je me trouvais. Il fit le tour de la charrette en regardant son contenu et parut surpris de voir tous les objets des dieux entassés de la sorte.

- « Je dois avouer que tu m'étonnes, Gwynn d'Aberffraw, dit-il avec une moue dubitative.
- Pourquoi ? Qu'ai-je de surprenant ?
- Non seulement, tu arrives jusqu'à mon île, alors que personne n'y est jamais parvenu...
- J'ai bien failli ne jamais sortir vivant de ce maudit pont suspendu.
- Peut-être bien, mais en plus tu as su venir à bout de Cernunnos.
- J'ai bien cru que ma dernière heure avait sonné, et n'avait

pas de quoi me rassurer sur mon sort !

- Tu es plein de ressources ! Maintenant que tu as trouvé les talismans, tu peux regagner sereinement ton île d'Ynis Môn.
- Je ne vais pas me faire prier deux fois.
- Cependant, si je pouvais me permettre…
- Vous permettre quoi, Uiscias ?
- Me permettre un petit conseil.
- Et bien ne vous en privez surtout pas, je vous dois bien cela.
- N'attends pas d'arriver à Aberffraw pour dissimuler chaque talisman dans le lieu que tu jugeras approprié.
- C'est ce que je pensais faire, en effet.
- Et tu prendras bien soin de laisser une énigme sur ton passage afin que les

générations futures puissent les retrouver.

- Je n'y manquerai pas, après tout le mal que je me suis donné pour les réunir.

- Seul le chaudron devra retourner à Aberffraw où il est attendu par Hélias l'enchanteur.

- Je ne risque pas de l'oublier celui-là ! Sans lui je n'aurais jamais connu ces îles fantastiques.

- Il est certainement l'homme en qui tu peux avoir le plus confiance. Malgré ses airs terribles, il sera toujours à tes côtés.

- Merci Uiscias de ces précieux conseils, je ne les oublierai pas. A présent, je dois me mettre en route, car le voyage qui m'attend est encore long.

- Il sera long et semé d'embûches, mon ami.

- Si seulement un tour de passe-passe magique avait pu me faire rentrer d'un clignement d'yeux… hélas...

J'étais confortablement en selle, porté par le robuste Morvac'h. Adrian volait dans le ciel limpide tandis que Pervenche était prête à tirer un lourd attelage. Partagé entre le regret de quitter ces contrées fabuleuses, ces amis (es) rencontrés (es) et l'envie de retrouver mon village, je donnai enfin l'ordre du départ. Je me retournai une dernière fois vers Uiscias et lui fis un signe de la main en guise d'adieu.

# Notes

1 : Les Îles au nord du monde font partie de la mythologie celtique irlandaise. Elles sont au nombre de quatre : Falias, Findias, Gorias et Murias. Ce sont des lieux sacrés et mythiques, d'où sont originaires les Tuatha de Danann.

2 : La légende affirme que le roi Arthur n'est qu'en dormition et qu'il en sortira un jour pour rassembler tous les Bretons, insulaires et continentaux.

3 : Cheval de la région de Frise au Pays-Bas

4 : le chant du cygne de Merlin par Théophile BRIANT dans « Le testament de Merlin » Ed : Champion-Slatkine.

5 : extrait du Prélude de « Le testament de Merlin » par Théophile BRIANT Ed : Champion-Slatkine.

6 : Tiré du poème « Le Lac » de Alphonse de Lamartine

7 : Bliobéris est un ermite, qui s'inspire d'un célèbre diseur de contes celtiques du XIIe siècle. Sur ce point, voir Jean Markale dans : La petite encyclopédie du Graal, Editions Pygmalion / Gérard Watelet, page 273.

8 : Escarboucle, est une pierre fine comportant une variété de grenat rouge foncé d'un éclat très vif.

9 : Goibniu dieu Forgeron. Sur
ce point, voir Jean Markale
dans : La petite encyclopédie du
Graal, Editions Pygmalion /
Gérard Watelet.

## Remerciements

Je tenais à remercier ici, toutes les personnes qui m'ont aidé de près ou de loin à écrire ce livre.

Marlène, Nils, Patrice et Sandrine, pour les corrections orthographiques, grammaticales et leurs précieuses idées.

Christine, Quentin et Nolwen, qui m'accompagnent tous les jours dans la vie.

Antoine et Clémentine mes grands-parents.

Roland et Jacqueline mes parents sans lesquels, je ne serais pas là.

Et tous les amis (es), que je n'oublie pas.

# Bibliographie

**Robert Baudry**, *Le mythe de Merlin*
Terre de Brume

**Jacques Boulenger**, *Les chevaliers de la table ronde :*
  *I Le Roi Arthur,*
  *II La quête du Graal.*
Grund

**Marion Zimmer Bradley**, *Avalon :*
  *I Les dames du lac,*
  *II Les brumes d'Avalon,*
  *III Le secret d'Avalon.*
Le livre de poche

**Théophile Briant**, *Le testament de Merlin*
Champion Spatkine

**Bernard Cornwel**, *La saga du Roi Arthur :*
  *I Le roi de l'hiver,*
  *II L'ennemi de Dieu,*
  *III Excalibur.*
Poche

**Dave Duncan**, *La septième épée*
Bragelonne

**Jean-Louis Fetjaine,** *La trilogie des elfes*
Pocket

**David Gemmell**, *Légende*
Milady

**David Farland,** Les seigneurs des Runes :
> *I La douleur de la terre*
Pocket

**Lynn Flewelling**, *Le royaume de Torbin*
J'ai Lu

**Claudine Glot et Marc Nagels**,
*La légende Arthurienne :*
> *I La quête du Graal et le destin du royaume,*
> *II Lancelot ou l'âge d'or de la table ronde,*
> *III Excalibur ou l'aurore du royaume.*
Le pré aux clercs

**Terry Goodking**,
> *L'épée de Vérité :*
> *I La 1ᵉʳ leçon du sorcier,*
> *II La pierre des larmes,*
> *III Le sang de la déchirure,*
> *IV Le temple des vents.*

*V L'Âme du feu*
*Editions Milady*
**Lettres Gothiques**, *Le haut livre du Graal*
Poche

**Allan et Elisabeth Kronzek**, *Le livre de l'apprenti sorcier*

**Bernard Lawhead**, *Le cycle de Pendragon :*
>*I Taliesin,*
>*II Merlin,*
>*III Arthur,*
>*IV Pendragon,*
>*V Le Graal.*

Poche

**Georges R.R. Martin**, *Game of thrones*
>*I Le trône de fer (l'intégrale 1).*

J'ai lu

**Nancy McKenzie**, *Guenièvre :*
>*I L'enfant reine,*
>*II La reine de Bretagne.*

Pocket

**Thomas Malaury**, *Le roman du Roi Arthur et      de ses chevaliers de la table ronde.*
L'Atalante

**Jean Markale**, *Le cycle du Graal :*
     *I La naissance du Roi Arthur,*
     *II Les Chevaliers de la Table*
*Ronde,*
     *III Lancelot du Lac,*
     *IV La Fée Morgane,*
     *V Gauvain et les chemins*
*d'Avalon,*
     *VI Perceval le Gallois,*
     *VII Galaad et le Roi Pêcheur,*
     *VIII La mort du Roi Arthur.*
     La petite encyclopédie du Graal.
 Editions Pygmalion / Gérard Watelet

**Jean Markale**, *Le Roi Arthur et la société celtique.*
Payot

**Jean Markale**, *L'énigme du saint Graal.*
J'ai Lu

**Jean Markale**, *Merlin l'enchanteur.*
Albin Michel

**Stan Nicholls**, *Les chroniques de Nightshade*
Bragelonne
**Pierre Pivel**, *Le haut royaume :*

*I Le Chevalier,*
*II L'héritier.*
Bragelonne
**Pierre Pivel**, *La trilogie de Wielstadt.*
Pocket

**Alan Simon**, *Le cercle du dragon :*
*I Excalibur*
Pascal Petiot édition

**Christopher Snyder**, *A la recherche du roi Arthur.*
Le pré aux clercs

**Mary Stewart**, *Le cycle de Merlin :*
*I La grotte de cristal,*
*II Les collines aux milles Grottes,*
*III Le dernier enchantement.*
Le livre de poche

**J.R.R Tolken**, *Le seigneur des anneaux*
Pocket

**Chrétien de Troyes**,
*I Lancelot,*
*II Perceval,*
*III Yvain ou le chevalier au lion,*
*IV Roman de la table ronde.*
Folio

**Robin Young**, *L'Âme du temple* :
   *I Le livre du cercle,*
   *II La pierre noire,*
   *III Requiem*
Pocket
**Robin Young**, *Les maîtres d'Ecosse :*
   *I Insurrection,*
   *II Renégat*
   *III Avènement*
Pocket

# Table des matières

Avant-propos .............................................11

Le chaudron magique ...........................17

La parole des Dieux .............................51

La joute contre Brun sans pitié .............79

La Dame Blanche ...................................105

La harpe magique ...................................129

La princesse ensorcelée ........................147

La résurrection .......................................169

La damoiselle de Galigan ......................187

La montagne des ombres ........................201

L'Auriculaire manquant ........................213

L'épée de Nuada ....................................231

Notes .......................................................251

Remerciements .......................................255

Bibliographie .........................................257